勇敢的女孩 先拥有世界

王帆 著

果麦文化 出品

自序

这本书比预想中来得晚了一些，但出现在最恰当的时间。第一次有写本书的想法是在即将博士毕业时，可几经周折，那本书迟迟未能出版。现在看来，那本书没出版是对的，因为那个时候我的生活太"顺"了，身上贴满了所谓"世俗成功者"的标签，一切欣欣向荣。然而真正的问题是，表面的繁华令人沾沾自喜，生活中的暗流还未显现，没有经过现实生活毒打的人还不足以谈人生。

后来，我的人生迎来巨大的转变，移居海外、从事自由职业、走进婚姻和成为母亲让我慢慢苏醒，让我变得敏锐，让我开始感受痛苦，也让我拥有正视问题的勇气。这几年我经历着身份重构、时间紧缩、家庭矛盾和自我觉醒，在我还没有充分意识到的时候早已脱胎换骨。此时的我再回头看曾经写的那本书，觉得幼稚肤浅，于是决定推翻重来。人生随时可以重来，只要我们不惧重新开始。

在孩子两岁半左右时，我的身体状况和生活秩序逐渐恢复，终于有时间重新开始写作。我一直没有放下想要写一本书的愿望，可能是因为身上还保留着一点"读书人"的情结吧。毕竟即使是在这个信息快消、流量为王的时代,出书也是对内容生产者的至高肯定。在此期间,很多朋友都给我介绍出版人、联系出版社,想要帮我实现这个愿望,特别感谢他们。2024年初,一位出版人联系我说他们正在策划一个非常好的选题方向——勇敢的女孩,通话之后我们一拍即合,《勇敢的女孩先拥有世界》便以此为开端。

这本书并不是"精英主义大女主"的爽文,而是穿梭于女性各个成长阶段以及各类女性之间的人间观察,有我自己的故事,也有我所见所闻所读的女性故事。这里有总是被钱难住的她、拼尽全力经济独立的她、不管不顾奔向远方的她、挣脱规训的她、被父母情感勒索的她、常年忍受家暴的她、给楼上邻居留口饭的她、走入婚姻的她、深夜坐在窗前哺乳的她、疯狂生长的她、远赴非洲帮助当地妇女的她……从她看见她,从她抵达她。这本书最主要的功能应该是引发共鸣并提供帮助,让那些拥有类似经历的朋友感到宽慰和鼓舞,让她们知道自己不是一个人;此外,不炫耀、不说教,只有真诚的分享和不带偏见的理解与支持。

几年前,在我刚开始做自媒体的时候,曾把视频发给一位敬仰已久的师兄寻求意见和建议,他对我说:"比你想表达什么更重要的是看你视频的人需要什么,有什么问题需要解决,毕竟人都是活在问题中的。"人,都是活在问题中的,这句话振聋发聩,让我铭记于心。写书也是这样,瞄准问题、分析问题、解决问题,我相信只要以问题为导向就可以避免泛泛空谈,就能真正引发共鸣并帮助更多的人。

因此，本书聚焦于女性在成长过程中可能会遇到的种种问题，原生家庭维度的重男轻女、经济贫困、家庭暴力，个人成长维度的社会规训、自我发展、经济独立、人际关系、年龄焦虑，亲密关系维度的恋爱、婚姻、生育，等等。提出问题是为了保持警觉、清醒，而非制造焦虑，女性觉醒的第一步就是要认清环境以及自己生活在什么样的问题之中，不受人蒙蔽与摆布，勇敢地直面矛盾，不回避、不逃避。

所有的问题只有一种解法——行动。只想不做，人生大忌。行动是一切的开始，是经济独立、人格独立、生活自由、灵魂自由的开始和保障。当然，当我们开始与这个世界直接对抗，冲突难以避免。女性和善的天性往往也导致我们容易回避矛盾、惧怕冲突，甚至总希望通过自己的沉默和忍让解决问题。如果想要真正地投入世界之中，那就必须做好应对麻烦的准备。真正可怕的不是冲突，而是无法面对和处理冲突，如何以正确的心态消化冲突、保护自己、提升自己才是真正重要的课题。

婚恋和原生家庭之所以被单独拿出来列为章节，是因为无论恋爱还是不恋爱，结婚还是不结婚，生孩子还是不生孩子，这些都关涉到女性人生中最核心的关系网和情感网。女人反对和厌恶的并非婚恋本身，而是在婚恋包装下的社会规训和剥削女性的制度。结婚生子不应该是女人的终极归宿，而应该只是自我建构的一个环节或者生活方式的一种，婚恋秩序也不应该单以男人的需求为中心，女人应该学会以自己的需求为核心建立婚恋秩序。对于原生家庭，人们在不同的人生阶段会对它有不同的需求和认识。被原生家庭拖累的孩子若想早日实现真正的独立和自由，那就要及时进行课题分离，学会拯救自己，而不是拯救家庭；做自己的精神父母，重新养育自己。

跳出这两张网之后，女性的觉醒随之开始。觉醒后的女人不再是世界丛林的猎物，不再以男人、婚姻为尺度，不再是客体而是主体。作为主体的我们，不仅有能力解放自己、主持自己的命运，还在互助中让彼此更加强大。女性是天然的共同体，她即是我，我也是她，在我们成为自己的时候也不要忘记去帮助她们成为自己。女性强大的共情能力与深厚的博爱之心是上天的礼物，为这个世界共筑爱与希望。

一个人想要成为自己需要极大的勇气，尤其是女人，我们需要面对来自家庭、族群和社会方方面面的限制与敌意，拖累与打压，只有真正勇敢的人才能冲破世俗的桎梏，长出翅膀，翱翔苍穹。愿我们都拥有这样的勇气和能力，掌握人生，拥有世界！

第一章

行动

勇敢的女孩先拥有世界…………002

那个坐在最后一排不断举手的女孩…………006

成为行动主义者…………010

经济独立是终身信仰…………014

一切为了自由…………020

不要平白无故地老去…………023

自由的代价…………028

第二章

冲突

不被驯化的女孩…………034

所有的失败都只是有限范围的失败…………039

没有争吵,也没有告别…………043

被孤立不是你的错…………047

允许难过,允许脆弱,允许不勇敢…………051

第三章 婚恋

爱情应该是认可我，而不是限制我…………056

婚姻不足以让女人完整…………060

围绕自己建立婚恋秩序…………065

少有人说的生育真相…………071

爱孩子是本能，爱自己也是…………078

第四章 原生家庭

生而为女…………086

穿越暴风雨，你已不是你…………091

三代女性的悲剧，至我终结…………095

"模范子女"陷阱…………098

付出，适可而止…………102

"血包"的执迷与开悟…………107

放下拯救父母情结…………111

做自己的精神父母…………114

目录

第五章 觉醒	那些年轻的女孩必须知道的事…………120
	谁先不在意别人的眼光，谁先获得自由…………124
	你的人生不是用来讨好别人的…………129
	男人不是女人的尺度…………133
	别人会离开，自己一直在…………136

第六章 互助	一个女人心疼另一个女人…………140
	帮助那个女孩成为自己…………144
	我们活在同一个不同的世界…………151
	已识乾坤大，犹怜草木青…………154
	无须结拜，你我皆是同盟…………158

01
行动

我要开始与自己赛跑了。
终点线上没有花环在等待我,
也没有获胜者的名字需要被宣读。
我的奖励就是
离开这样的生活。

——马修·托马斯《不属于我们的世纪》

勇敢的女孩先拥有世界

西方流行一句话，Good girls go to heaven, bad girls go everywhere. 翻译过来就是，好女孩上天堂，坏女孩走四方。我曾被这句话深深打动，也许是因为它激发了我体内压抑已久的"坏"。在东亚文化的传统教育中，女子天然就应该与"好"联结，就连造字法都如此奇妙。好女儿、好学生、好女人、好妻子、好妈妈……多少女人为了达到社会期许的"好"，不得不压抑内心对自由的向往，不得不掩藏对"坏"的想象。可什么是"坏"呢？不遵从社会规训做个贤妻良母就是坏吗？不符合社会期许、不婚不育就是坏吗？不臣服于男人的需求而更加注重自我满足就是坏吗？究竟是谁在定义女人的"坏"呢？

不重要，根本不重要。谁说你好、说你坏，通通不重要。现实世界中仿佛有一堵看不见的"墙"，试图把好女人和"坏"女人隔离。可总有那些勇敢的、无畏的、反叛的、善于打破常规的女性无视这堵墙的存在，甚至手持榔头于无声之中把它砸个粉碎，朝着自由奔放的前景高歌猛进。

除了对"坏"的解构和正名，这句话中最有魅力的是那三个字：走四方。这个"四方"并不是一个确定的地方，什么东西一旦确定就失去了一半的乐趣，被未知吸引并勇敢尝试才是真正的魅力所在。

读大二的时候，学院有两个去香港交换学习的名额，我本以为大家都会踊跃报名，毕竟这是一次很好的开眼界的机会。可有的同学担心全英文授课跟不上，有的担心那边学校的学分体制与内地不同，可能拉低绩点影响保研，也有人担心当地人对内地学生不友好的问题……其实我也担心过这些，但胜过这些担心的是一股更强烈的冲动，一个从小城市考出来的孩子想要见识一下更大世界的冲动。报名、面试，一切顺利，获得名额后才发现：没钱去。父母下岗多年，靠摆烧烤摊维持生计。我上大学的钱一部分来自学校的奖励，一部分来自热心人的资助。那时家里根本拿不出来两万块钱的保证金，也负担不了我在香港的生活费，眼看好不容易争取来的机会就要溜走。

多少年来，每当我站在机遇面前，钱总是会给我设置障碍。高三时，学校推荐我去参加北大自主招生，可我为了不给家里增加经济负担而选择放弃。校长知道后特批由学校公费送我去北京参加集训和考试，这是自建校以来的首例。校长说："如果我们学校有一个人能考上，那就是你。"在我即将登上前往北京的火车时，代表学校来送我的王老师硬往我手里塞了一沓钱："这是我给你的，到了北京，不要舍不得吃舍不得喝。"有时我真觉得是上天在帮我，要不是遇到这样的校长和老师，也许我就会跟北大失之交臂。但我也深知，不能一味地依靠他人的善举和帮助，自己必须努力争取，不要退缩，自助者天必助之。

最终，我以个人而不是家庭的名义向表姐借了些钱，奔向未知，并保证回来之后会用做兼职赚的钱还给她。

到了香港，一种全新的学习方式和生活节奏展开在我面前，我突然感受到世界之外还有世界。在那里我学习摄影、洗胶片、写小说、结交不同文化背景的朋友、辨别歧视、对抗不友好……那段经历带给我的不仅是摄影课和写作课 A+ 的高分，还有更大的信心和野心。我们往往会因为未知和预设的困难望而却步，把自己圈在一个固定的范围内。可当我们真正直面困难时，就会发现自己其实拥有克服它的能力和战胜它的勇气。女孩想要砸碎那堵看不见的"墙"，就必须经过大量勇敢的尝试，每多去一个地方，每多认识一类人，每多跟一个有趣的灵魂碰撞，每多体验一种生活方式，每多经历一次失败和成功，就会眼见那堵墙越来越矮、越来越薄、越来越支离破碎，直至坍塌幻灭。一次又一次的尝试不是为了向他人证明"我有多么厉害"，而是让自己知道"我的边界在哪里"或者"我的人生根本没有边界"，自我半径在勇敢探索世界的过程中无限延伸。

去更大的世界看一看还可以让我们穿越时空，这是一种用空间交换时间的方法。一种观念在某一种社会环境下的变化非常缓慢，十几年甚至几十年过去，传统观念依然根深蒂固难以撼动。当我们到了一个新的环境、新的社会，会突然发现有的观念焕然一新，那些我们曾经渴望的、不被允许的，在这里却被人们习以为常，那是一种穿越时空、到达未来的感觉。在这个世界上，并不是每个人都活在与时间适配的当下。有的人活在时间后面，有的人活在时间前面。如果你想去未来看一看，那就到更大的世界去看一看。

"船停在海港最安全，但那并不是船被建造的意义。"勇敢的女孩会率先跟世界接触和碰撞，率先遇到困难和失败，率先体验它的精彩与黑暗，也会率先成功，率先建立自我价值，率先领略世界的开阔。

勇敢的女孩要具备这样的野心：我不要只被世界拥有，我还要拥有世界！华纳兄弟前行政副总裁（林恩·哈里斯）曾说："在我四十六岁的时候，我才终于接受了这个事实——那就是我有野心和梦想，并且我知道拥有这份野心和梦想并不会使我成为一个坏的和自私的人（作为女性）。"

希望每个女孩的野心与梦想是：经济独立，灵魂自由，走遍世界！

那个坐在最后一排不断举手的女孩

"谁能读一下这篇课文的前两个自然段?"

教室里鸦雀无声,每个人都生怕被点到。毕竟这是初一的第一堂语文课,同学和老师都是陌生的,谁也不愿意第一个表现,更不愿意第一个出丑。

"最后一排举手的女孩,你叫什么名字?"

"我叫王帆。"

从小学起我就坐在最后一排,因为视力好,另外还因为怕坐在前面会吸入粉笔灰,自我保护意识怪强的。虽然距离讲台最远,但我的注意力却时刻跟随着老师,当然,我也希望他们能注意到我这个后排的小女孩。每当老师提出问题,只要是会的,我就毫不犹豫地举起手,大多数的时候能答对,偶尔答错了脸一红也就过去了。

那天下课时老师说:"我需要一个语文课代表,王帆你来吧。"就这样我得到了一个小小的机会。下午自习课时,班主任问谁能去校团委送个材料,我第一个举手,就这样我又被任命为班级的团支部书记,得到了另一个小小的机会。刚开学就获得两项"殊荣",我也更加自信了起来。能够来到这个学校,还是经历了一段波折的，这也是为什么我很珍惜每一个机会。

本来父母只想让我在工厂区上初中，因为他们下岗多年，积蓄微薄。虽然他们也知道工厂区的学校在全市教育质量垫底，但他们告诉我事在人为，只要我约束好自己、认真学习，就可以不被他人影响。那时的我也坚信：是金子在哪里都会发光。没想到，临近小学毕业时的一天，校长和班主任专门到我父母的摊子上跟他们说，希望能送我到好一点的初中去读书，毕竟我的成绩一直很好而且还得过全区第一名。班主任甚至说如果我父母没有能力，他可以凭借自己的人脉送我去另一个区比较好的中学读书，虽然那里比不上市里较好的学校，但至少也比工厂区的好。由此，父母才开始重新考虑我小升初的事。

爸爸上学时的成绩也特别好，只因一时冲动没有参加高考，考去了当时全市效益最好的化工厂，可没想到后来遇上下岗潮，而他的同学们基本都当上了市里各个部门的领导。因为身份地位相差悬殊，下岗后爸爸很少去参加同学聚会，但为了我上学的事，他还是硬着头皮去了，想找人帮帮忙。一位阿姨帮忙介绍了一位市重点中学的副校长，又考虑到我家的经济状况，对方提出交八千块钱的择校费就可以。正是那八千块钱，让我命运的齿轮转动起来。

我还清晰地记得跟爸爸去副校长办公室送钱的场景，那时我已经参加了入学考试，但成绩还没公布。副校长拿起办公桌上放着的厚厚一沓入学考试成绩单，开始从后几页翻起，可翻了好几页也没找到我的名字。当时我也不知道哪里来的勇气脱口而出："您从前往后翻试试？"副校长一下子笑了，估计心里在想：这小孩儿还挺不知道天高地厚的。结果，刚翻两页就找到了，全年级第五十六名。入学后第一次期中考试，我跃升到全年级第六名。父母的心终于放到肚子里，八千块钱没白花。

因为家庭条件不好，我总是习惯性地被低估，一位小学老师知道我去市里读初中后，见了我父母问的都是："她在那边能跟得上吗？"真想对她说："不用跟得上，因为我在前面！"三年后，我顺利考上省重点高中，还进了尖子班。那时我依然坐在后排，依然很爱举手。我深知，当初那八千块钱已经是父母为我拼尽的全力了，他们再没有多余的一分钱去讨好老师给我安排更靠前的座位、更多回答问题的机会或者额外的关照，我能依靠的只有自己高高举起的手和好成绩，唯有这样才能得到老师的关注和尊重。

都说机会总是留给有准备的人，但机会怎么知道你准备好了没啊？你得举手让它知道啊！传统教育将女孩驯化成温良恭俭让的示弱者，让我们变得被动、等待、观望、踟蹰不前，这极大地阻碍了女孩为自己争取正当权益。当我们看透了那种规训的本质就知道，它完全是为了排除竞争者并保护男性的利益而设置的。我们必须成为敢于"要"的女孩，尤其是出身一般甚至底层的女孩，想要什么就积极去争取，主动要机会、要关注、要资源、要结果，释放自己的野心和欲望。每举起一次手、得到一次机会就能体验一次赢的感觉，不断去体验这种小赢的感觉，直到胜利成为常态。

当然，总爱举手的女孩自然会遭人白眼和议论，"爱表现、抢风头、有心机"这种评价不绝于耳，我知道自己想做"出头鸟"就要被"枪打"，那就让他们打，直到我越飞越高他们打不着为止。无论是在学校还是走入社会，有野心、敢争取的女孩总是首先成为众矢之的，有一种恶意叫"她看起来好像很努力"。可努力有什么错呢？曾经看过一段话，大意是当你超过别人一点，他们会对你冷嘲热讽，指指点点；而当你超过他们很多、令他们望尘莫及时，他们就会崇拜你、追捧你，奉你为偶像。这段话中包含这样一个道理：任何人的嫉妒和冷眼都只是暂时的，都只是因为你离他们还不够远，他们并不值得我们改变自己、放缓脚步。所以先不管不顾地往前冲吧，能跑多远是多远。

那个坐在最后一排不断举手的女孩希望得到更多的机会，她做到了，你也可以。

成为行动主义者

没有什么比行动更勇敢。目标、勇气、决心、方法，倘若没有行动，一切都是空谈。行动是一切的催化剂，一切的起点和终点。做一个行动主义者应当是真正想要改变命运之人的毕生信念。

杰奎琳·杜普蕾是音乐史上最优秀的大提琴家之一，可惜天妒英才，她在二十八岁时患上多发性硬化症，在某场演奏会中，手腕与手指突然失去感觉。这对于一位依靠双手编织传奇的演奏家来说，绝对是致命一击。在她发病一年后，双手几乎永久丧失共同作业的能力。可令人意想不到的是，某天早上她醒来后，双手竟然奇迹般有了感觉，恢复了功能。尽管已经很长时间没有练琴，她仍然迅速录制了几首有纪念价值的曲目。仅仅持续了四天，这短暂的恢复就如同夕阳的最后一抹余晖被黑夜吞噬，从此，她再也无法演奏大提琴。

杜普蕾的经历告诉我们：无论面对怎样的困境和绝望的心情，都一定要抓住一切能够抓住的时间和机会去行动。别无他事，唯有开始。

最难的，是开始。拖延是一种最常见的借口，往往是因为对自己的期待过高或者过于在意他人的评判，害怕失败，因自卑而逃避。其实心里真正的想法是：只要不开始，只要不去做，最后即使没有结果或者没有成功也并不完全是我的责任。想要成为行动主义者，首先就要清除这些心理垃圾，丢掉全部的借口。行动本身会给人造成某种程度的压力，这就意味着开始行动的门槛越低越好，压力越小越好，手边有什么，就去做什么，不要在开端就给自己竖起高高的障碍杆，望而却步不是好事。

不要总花时间去想做这件事情的意义是什么，而要真正开始去做，并且不要追求完美主义地去做，甚至可以"粗糙主义"地去做。什么是"粗糙主义"？我的一位老师曾经这样鼓励不想站起来回答问题的学生："你就放心答，答不对还答不错吗？"那时课堂上一阵哄笑，而这句话却一直激励我到现在。摒弃必须把事情做对、做好、做完美的预设，将得失心降到最低，这样开始的门槛一下子就跨过去了。德国一位学者曾经提出"行动兴奋"的概念，意思是，只有当我们真正开始行动、真正开始做一件事情的时候，我们的大脑和身体才能够真正兴奋起来，在行动中注意力也会越来越集中。

曾经有一位正在考研的女生对我说，从上大学开始她就知道自己要考研，很多人也告诉她，考上了研究生才能找到更好的工作，生活才会更好，但是她依然找不到考研的意义是什么。我对她说："很多事情的意义不是想出来的，而是生产出来的。"我们通常习惯在做很多事情之前去想：做这件事情的意义是什么呢？想不明白，就陷入了一种纠结、迷茫、混沌、停滞不前的状态，以至于影响接下来的行动。而事情的真相往往是，当你真正开始去做一件事情，投入其中并且把它做完之后，回头再看才明白做它的意义究竟是什么。例如想要考研，那就踏踏实实地复习，全力以赴，如果最终考上了，这件事情的意义就是它证明你是一个能够通过自己的努力实现目标的人。如果没考上，它就没有意义了吗？当然不是，失败的意义在于让人觉察和调整，以便更好地行动。一次考试可以检测出知识的盲区、错误的方法、紧张的心态，让你看到能力的不足，也可以帮助你尽早去重新思考，调整人生选择和人生方向。无论成与败都有它的意义，核心在于，只有行动才能让你看清它的意义。

准备好承担责任。虽然"行动"听起来是充满动力与能量的词，可真正的现实是，与行动紧密相连的往往不是成功，而是失败。换句话说，只要行动，就有失败的可能。一旦失败，人们总是首先想要推卸责任。例如，考试没考好是因为前一天晚上隔壁有噪音影响了我睡觉，面试没通过是因为前面的面试者超时挤占了我的时间，分手了是因为他的家人总在他面前说我不好……可我们最终总会发现，即使把责任推卸出去也无法改变失败的事实。想要成为行动主义者就必须勇于承担失败的责任，告诉自己：是我自己选择这么做，而不是出于某种原因强迫我这样做；不是背后有一股力量把我往前推，而是我想看清楚眼前的东西，自己往前迈出一步。以自由意志推动自己去行动，敢于承担失败的责任，从此才能拥有改变的力量。

成为行动主义者最大的好处就是能够不断体会拥有权力的

滋味，因为行动本身就是一种权力。权力首先不是支配他人，而是支配自己。每做出一个决定就是主观能动性的胜利，每迈出一步就是自我驱动的胜利，每完成一次目标就是自我完善的胜利。女孩一旦体会过拥有权力的驾驭感和主控感，就不会再沉迷于情情爱爱或情绪价值，因为我们会知道：自己就是价值。

经济独立是终身信仰

这世间唯有一人值得托付终身，那就是经济独立的自己。

我们的生活真正开始于为自己的一切负责的那一刻。对于有原生家庭托举的人来说，这一刻可以迟些到来。而对于没有托举，甚至还被拖累的人来说，这一刻必须尽早到来。到来得越早，我们就越早能够掌控自己的生活，远离拖累，获得自由。经济独立是为自己负责最基本的前提和支撑，任何脱离经济独立的独立都是暂时的、虚幻的、不彻底的和受人摆布的。经济独立更是让我们从原生家庭独立出来的重要契机，父母不再在世界和我们之间扮演中介角色，我们通过行动证明自己已经具备掌控人生的能力。

经济独立是一个特别自由而美好的词汇，可实现它却需要经历一个特别漫长又曲折的过程。但正如尼采所说："一个人知道自己为什么而活，就可以忍受任何一种生活。"要为不必伸手向父母和另一半要钱而活，要为不需要继续承受"靠我养就得听我话"的控制而活，要为给自己买一件好东西而不必被奚落而活，要为彻底的自由而活。

在经济独立的过程中，以下这几件事尤为重要。

认命并开始行动。 出身不好的人经常容易抱怨命运不公，以至于在抱怨中分散精力、迷失方向，浪费了本应该用来行动的宝贵时间。在校外做兼职时我曾遇到过一位同样出来做兼职的大学生，有一些工作她完成得并不理想，于是便拿不到约定的酬劳。她气急败坏地说："要不是因为家庭条件不好，谁愿意出来做兼职！谁不愿意在家里做小皇帝、小公主！"听完这话我终于明白她总是在工作中推三阻四的原因了，她并不是自愿来受苦的，她的内心世界依然在跟不公平的命运对抗。"为什么穷的是我？为什么富的不是我？为什么生长在这样的家庭的人是我？为什么……"愤怒、抱怨、指责、自怨自艾夺走了她很多的精力，使她根本无法专心去做眼前的事情。她总是应付了事，做事既没有专注度也没有完成度，只想着赚快钱。可往往越是想赚快钱越赚不到钱。钱是扎扎实实赚来的。

在我看来，认命是与原生家庭和解的第一步。接受自己的命运，吞咽所有的不公与委屈，因为对抗与抱怨对改变生活毫无作用，还会浪费许多无谓的精力。真正重要的是把全部的时间与精力放在可以赚钱的事情上。把事做好，获得回报，这是最简单、直接且有效的办法。

先从赚到一顿饭钱开始。 经济独立并不是一个从少到多的过程，而是从无到有的过程。我的经济独立，就从赚到一顿饭钱开始。千万不要小看这点钱，它是我们走向独立至关重要的一步。首先，它意味着一个人想要经济独立的迫切性，对钱的渴望越迫切，就越有赚钱的动力。其次，它意味着一个人开始赚钱的决心和行动力。很多人一方面想经济独立，另一方面却总是挑挑拣拣，小钱不愿意赚，大钱没能力赚，一直在挑选而非行动，眼高手低，任由一个又一个的小机会在眼下溜走，直至最后一事无成。最后，它意味着真正的独立已经吹响号角。经济独立不是铁板一块，也无法一蹴而就，初期必须将其拆分成若干个可以逐步达成的小目标，后期才能实现完整的大目标。

没有找到固定兼职的时候，校园杂志社的编辑、学院的学生助理、家教，凡是能够赚到一点小钱的事我都会去做。逐渐地，每个月我都能有几百块钱的稳定收入，那是一种既踏实又让人跃跃欲试的感觉。这些细碎的经历帮助我逐步建立起信心，让我确认自己是一个有欲望、有行动力并且可以吃苦耐劳的人，从今往后的生活只会更好，不会更糟，只要继续坚持做下去。

用多一点点的辛苦，去交换多一点点的幸福。 大一下半年，经过层层面试、多次试讲之后，我终于如愿以偿地成了某培训机构的初中语文主讲老师。新老师的选择权并不多，排课很少，于是我就主动申请到比较远的教学点去上课，其他资深老师不太愿意上的早课、晚课我都可以去。每个周末，我都早上七点从宿舍出门，一天连续上九个小时的课，直到晚上十点回到宿舍。有时一天的三节课在不同的教学点，我就把中间吃饭和休息的时间省下来赶路，午饭晚饭就在路上解决。

一位老师曾对我说："有一天晚上我在地铁上看到你，站着都要睡着了，不要让自己那么累。"这句话让我感到温暖，在偌大的北京城和没有尽头的地铁上，有一个人心疼我的疲惫。可

"不要让自己那么累"对于出身寒门的孩子来说是一种奢侈，因为辛苦是我唯一可以支付的成本。

一天晚上下课后，公交站空无一人。天上飘着细雪，很有韩剧的氛围。爸妈突然来电，我迟疑片刻，因为不想摘手套。他们问东问西，我说都好都好，其实那天还没来得及吃晚饭。不一会儿手有点儿冻僵了，我找个理由挂断了电话。公交车迟迟不来，我一个人又冷又饿，仰头看着雪花从路灯上方无尽的黑暗中飘落下来，打在我的脸上，眼泪突然夺眶而出。那一晚的公交车也仿佛懂我的心思似的，没有突然到来打断这悲情时刻，害我又冻了许久。

这样的生活过了一年多，我终于迎来了人生中最重要的里程碑——经济独立！从那一刻起，安全感才开始慢慢生长。

大胆决策，全力以赴。经济上的贫穷让人缺乏尝试的勇气和底气，在做选择时优先求稳而非求进，这虽然让人养成脚踏实地的作风，但也有可能断送更好的机遇。每当站在这样的十字路口，年轻的我们总是习惯性地去征求父母的建议，丝毫没有察觉他们的认知水平已经根本无法与这种机遇相匹配，但我们却错误地把他们当作权威。没有原生家庭托举的孩子一定要学会一个人做决定，克服恐惧，相信自己的学识和直觉，多向更具备远见卓识的前辈寻求建议，尽力避免父母的短视干扰我们的决策。同时也要学会为自己的选择负责和为自己的错误买单，真正的独立就是好的坏的、对的错的都由自己承担。

2011年，在一位教育界前辈的力荐下，我正式进军新兴的网络教育行业，从零开始。

经过一年的摸索，业绩平平。可我不能输，或者说，输不起。利用一个暑假，我创下部门的工作量纪录，两个月瘦了十斤。那时候的我只顾埋头赶路，还不知道上天正在为我准备一份丰厚的礼物。在线教育的风口来了，我的收入翻了百倍不止。有人说，风口来了猪都能飞上天，仿佛一切只是运气。洛克菲勒曾在给儿子的信中写道："幸运儿是因为幸运才表现得自信和大胆，还是他们的'运气'是自信和大胆的结果呢？我的答案是后者。"他说："我不靠天赐的幸运活着，但我要通过策划幸运使自己成功。"在他看来，幸运是精心策划的结果；在我看来，运气是自我付出的报偿。坚持，勤奋，坚持勤奋。我坚信：暴富只是勤奋的副产品。

赚钱只是手段，而非目的。财富的快速积累会让人失控，把赚钱当成人生第一要紧事。在教培行业工作了六七年之后，我开始变得烦躁不安，有时甚至要在上课之前先找个没人的地方哭一场，等内心的郁闷排解出去之后，眼泪一抹，精神抖擞地出现在学生面前，谈笑风生。那段时间我感觉自己病了，赚钱变成唯一的动力和目的，我像个奴隶一样被以小时为单位划分的工作驱使着，日复一日重复着相同的内容，机械而单调，我仿佛停止了生长，可我偏偏是个可以忍受生活贫苦但不能忍受精神贫瘠的人。

赚到第一桶金的我，终于有了选择的权利。我的选择是辞掉工作，回到校园，专心读博，看看更广阔的世界，去品尝各地的美味，领略不同的文化，体验多样的生活方式……当初想要经济独立是为了更自由地选择自己想要的生活，更好地掌控自己的人生，而不是成为工作和赚钱的机器。当然，放弃的过程充满了思想斗争，人的贪欲与理智不断搏斗，更加无法割舍的还有学生和家长们的期待和信任……但就像我曾经为了赚钱而愿意暂时舍弃自由一样，现在我要为了自由而舍弃金钱。

大一新生入学时，我是贫困生；十年之后，博士毕业的我已是"百万富翁"。有人说百万不足以称为"富翁"，可是对于一个曾经一文不名要靠他人资助的穷学生来说，百万是连做梦都不敢想象的数字。然而真正重要的并不是数字本身，而是在实现这个目标的过程中坚定地以经济独立为信仰以及用行动改变命运的决心，为了更好的生活而隐忍、脚踏实地、拼尽全力的自己，拥有这些经历的人才能称得上是真正的富翁。

从想要经济独立，到真正实现它；从每月只有屈指可数的课时费，到财富慢慢累积；从面对命运无能为力，到可以掌控它……经济独立不仅仅是某一阶段的行动目标，更应该是毕生追求的信仰。人如果真要信些什么，那就信自己读过的书、赚过的钱、走过的路，唯有这三点才是终身的依靠。

一切为了自由

经济独立最直接的好处，就是让我们获得更多的自由。

金钱与自由总是结伴出现，金钱的多少往往决定着自由的程度，小钱小自由，大钱大自由，没钱不自由。作家保拉·麦克莱恩曾听到些流言称，电影《孩童时刻》上演后，米高梅公司付给原作者丽莲·海尔曼每周二十五美元的聘金，以防她睡梦里闪出什么聪明或是不朽的想法。麦克莱恩说："我简直没法想象这么多钱，也想象不出她得以拥有的自由。"伍尔夫在《一间只属于自己的房间》的开篇便指出："一个女人如果要写小说，那么她必须拥有两样东西，一样是金钱，另一样是一间自己的房间。"金钱能保障基本生活，让人不必仅仅为了生计而出卖时间；一间自己的房间代表可以拥有不被打扰的空间和时间，有了这两样东西就等于有了创作的自由。

我是一个对自己的房间有执念的人。小时候，我从未拥有过一间属于自己的房间，不是跟父母挤在二十多平方米的老房子，就是蜗居在十几平方米的出租屋，一下床，就没有一个属于我的角落。上大学后，宿舍是四人间，能拥有的只不过是一张上铺和一张书桌，还要按时去公共大澡堂洗澡。直到研究生时，我终于有钱在校外租个小单间。在那里，我被允许做一切想做的事，终于拥有了想什么时候洗澡就什么时候洗澡的自由。

可是我的野心不止于此，我还想拥有一套真正属于自己的房子。把这个想法告诉父母之后，他们并不理解，因为在传统的婚嫁习俗中，房子通常应该由男方购买。我爸说："你本来学历就高，再有房，更让男人忌惮，更难嫁出去。"对于女人来讲，经济权不仅关乎物质条件和生活品质，更关乎家庭话语权、生活决定权和婚恋自主权。那时候经济独立的我已经完全有能力买一套属于自己的房子，有底气主宰自己的生活，就算被男人忌惮，我也要拥有自己的房子。在那里，没有人可以要求我必须做家务，没有人有权将我扫地出门，没有人掌控我的生活，有的只是我和我的自由。

除了改善物质条件，让生活变得更加自由以外，经济独立还能让我们变得精神松弛、减少内耗，获得灵魂的自由。生活中大部分的负面情绪都与金钱有关，贫穷让人在鸡毛蒜皮的小事上锱铢必较，产生内耗。没什么钱的时候有一次加班到凌晨，打车回家的路上不知不觉睡着了，到达目的地时被司机叫醒，慌乱中把一张五十元的纸币当成二十元塞给了司机。醒过神之后才意识到不对，一翻钱包确认，懊恼不已。那晚，我不断在脑海里盘算着多付的三十块钱能买几顿饭、几杯奶茶、打几次车，甚至还能把一直没舍得买的帽子给买了……越算越觉得失去了很多，委屈不甘心，搞得整宿没睡好。

而当有了一定的财富积累，我们就可以拥有不被小事反复缠绕的自由。一是因为一些小钱不再会对我们的生活产生多大的影响，二是我们会知道为失去一点小钱而劳心费神并不值得，时间应该用来创造财富而不是白白浪费，正如一位前辈曾经告诫我的话："在无所谓的事情上多浪费一分钟，就少一分钟可以拿来做正经事。"

詹青云曾说："当我是差生的时候，我被各种规则束缚；当我成为年级第一，教我怎样生活的人少了一半；当我去香港读书，后来考上哈佛，我就自由很多。世俗的成功给人自由，给人不被其他人说教影响的自由。"

身处的社会越是底层，越是容易成为阶级、偏见、虚荣、攀比、嫉妒、陷害的斗兽场。这里的人们急不可耐地比较一切，争先恐后地表达意见，可目的并非所谓的"为你好"，而是想把对方踩下去。即使那一丁点优越感在外人眼中微不足道，甚至可怜可笑，但就是那一点点赢的感觉，让他们暂时挣脱被生活踩在脚下的屈辱，因为他们实在没有什么可赢的了。可当这些人面对成功者时，总是崇拜中带着一丝忌惮，自觉地保持距离，因为知道自己绝无胜算的可能，生怕惹恼对方再也捞不着好处。正如那句话所说："你和任何人的关系，其实并不取决于你对别人有多好，而是取决于你的强弱，手上筹码的多少。人们普遍对强者比较宽容，而即便弱者没做错什么，也会被苛刻对待。就算你一味忍气吞声，往往也会被看成廉价的讨好。"

成为强者，别人就会对你格外宽容；拥有世俗的成功，世界就允许你拥有更大的自由。

不要平白无故地老去

女孩对闺密说:"我想读博!"

闺密说:"去啊去啊,我支持你!"

可女孩又说:"我今年都三十五岁了,读完博士都要四十了……"

闺密说:"不读博,再过五年你也四十了;读博,你不仅四十,还是个四十岁的博士!"

就算我们什么都不做,年龄也照样增长,时间不为任何人而停留,岁月总是不可逆地前进,那还不如做些什么,不要什么都还没做就平白无故地老去。

曾经想要读博的我也有过顾虑:读完博三十岁出头,没男朋友没结婚也没孩子,会不会成为女人中的异类?后来,是导师的一段话让我下定决心。我的导师是在结婚生子之后才重新走进校园继续读博的,获得博士学位时已经年过四十岁,同时平衡家庭、学业与事业更加艰难。她说,这世间绝大多数的头衔都由他人赋予,无论是校长、院长,还是总裁、经理,职位再高也总有卸任的一天。别人有赋予你头衔的权力,也有收回它的权力。而博士不同,这是我们赋予自己的头衔,跟随你一生，他人无法撤销。当然，前提是没有任何学术不端。

我们不是公主，大概率也遇不到王子，与其等待他人赐予我皇冠，不如为自己加冕。

要相信现在所做的一切都不会浪费，都在给未来提供范本，为自我塑造镜子。其实在当初决定读博的时候我并不真正理解它意味着什么，当时主要有两个动因推动着我。一是我认为自己没有其他特别出众的技能，也就是读书还不错，而且靠读书改变了命运。我既然在最好的学校读到了硕士，那能不能再冲一冲，拿个最高学位呢？这特别像来到珠峰大本营想要冲顶的感觉。第二个就是上文提到的"自我加冕"，我一直很向往博士学位的光环，而且很现实地说，有了这个光环就意味着我是更加稀缺的人才，这对我今后找工作肯定有帮助。现在回看，整个读博过程中一头一尾两段经历对我塑造自我有着决定性的影响，就像河流对河床的改变。

首先是考博。那个时候我不仅在写硕士毕业论文，还有一份校外兼职，参加完《中国成语大会》之后有了一定的知名度，偶尔还会参加一些社会活动，每天都安排得满满的，导师很怕我静不下心来复习。但自从写完毕业论文初稿并决定考博之后，我第一次明确地感知到自己强大的目标感、执行力和定力。首先讲讲我给自己制定的复习策略——难、筛、炼、记、考。

"难"就是从最难的科目开始复习——英语。北大考博英语基本是 GRE（留学研究生入学考试）的难度，百分制四十五分就可以过线，可每年却有很多考生折在英语上。我每天背考博英语词典、作文范文，还报了个补习班。

"筛"就是在海量的复习资料中筛选重点。必考的传播学经典书目、导师出版的所有著作与他近五年发表的文章、通过咨询前几届学长搜集到的考试原题、系里其他导师近三年发表的文章，这就是我全部的复习资料。

"炼"就是在读这些复习资料的时候不能只用眼睛看，还要提炼总结，手抄知识框架、核心观点、代表人物等。我当时准备了相当于一本书那么厚的笔记本，还跟自己说："抄完这一整本，肯定能考上。"

但光抄还不行，下一步就是把笔记本上的东西都记到脑子里，每天走哪儿都带着那个本，争取把提炼的精华全部背下来。曾经有学生问我如何学文科，我给他一条捷径：把课本都背下来。他以为我在开玩笑，觉得我不是认真在帮他，但其实这就是捷径。上考场比的根本不是谁的应变能力强，而是谁脑子里记住的东西多。记住了就能答出来，记不住全靠瞎编绝对不成。

"考"这个环节是我最喜欢的，就是模拟出题人给自己出题，比如这个知识点从历史的角度可以出什么题，以方法的角度、人物的角度、对比的角度、当下现实与热点的角度都分别可以怎么命题，然后自己再答。到真正考试的时候有四道大题都跟我给自己出的"模拟题"类似。

有了目标和策略之后，最重要也是最难的一步就是执行，定力是一切的保障。最后我能够集中复习的时间只有三个多月，仿佛高考百天冲刺一般，推掉所有的社会活动，每天坚持早七晚十二的作息。中间有一次朋友们约我出去聚餐，我也觉得自己应该出去放松一下，可就在出发前一小时又生生地把自己按回去了。我怕这一晚的放松会成为一个线头，以后随手一拽，就功亏一篑。一点口子都不能撕开。

出成绩的那一天，导师连说几个没想到：没想到你还真能静心复习，没想到你还真考上了，没想到你还考了个专业第一名。

众所周知，读博最艰难的就是完成博士毕业论文，而且是按时完成。我的经验是不要给自己设置太极致的目标，比如有位师兄用三个月就写完博士毕业论文初稿，我自知做不到，于是给自己五个月的时间，否则压力太大容易心态崩溃。并且不要过高估计自己的执行力，能做八十分就给自己安排做六七十分的活，循序渐进，否则完不成任务容易导致积压，心态又崩了。一般的文章我平日写个一两千字不成问题，但博士论文需要查资料、思考，又要严密论述，于是我给自己定下周一到周五每天至少八百字的写作目标，若完成了周末可以休息，完不成周末再加班补齐，保证每周的写作量达标，只能多写不能少写。考博时练就的执行力和定力再次发挥强大的作用，博士毕业论文初稿才得以顺利完成。

完成博士毕业论文的过程为我今后的写作奠定了结构和范式，让我更加明晰知识生产的流程以及如何将内容输出提升到更高的层次。更重要的是从考博到毕业，这些扎实的行动不断地在我的大脑里生产自我确认感：我可以，能做到。这种靠自己的行动积累而成的确认感和自信将伴随我们一生，并无限复制到我们想做的任何事情上。

北大哲学系某位教授曾在课堂上说："人要活得有结构，不能活成一堆肉。"我们只有通过行动建构一套属于自己的行为范式，找到自己的结构和节奏，才能最大限度地避免荒废时间，完成目标。在纪录片《我只活一次》中，女拳击手张桂玲说，在拳击运动里挨打的人更累，因为打的人在自己的节奏里，而被打的人一直在对方的节奏里。"没有自己的节奏就会很累。"

社会期许试图将每个人拉入它所创设的节奏，读书、谈恋爱、结婚、生孩子，人生被切分成几个需要按时完成的重要目标，并以年龄标记，家庭与社会还试图惩罚不遵循社会节奏的人。可人生不是程序，不能按照提前写好的代码行事。人生真正的美妙之处恰恰在于每个人拥有自己的节奏、自己的色彩，千篇一律是对人类进化的亵渎，对多样性的追求和包容才是更高级的进化。

不要被年龄限制，不要被婚恋限制，不要被生育限制，不要被任何事限制。真正的热爱就是你的天赋所在，勇敢地建立目标、制定策略、坚定执行，不要蹉跎岁月。

自由的代价

直到现在，我依然不确定当初的那个选择是对是错。但无论对错，把眼下的生活过好才是最要紧的。

那也许是我人生中最戏剧性的一幕。盛夏的北京，2019年央视主持人大赛电视录制第一赛段抽签仪式正在进行中，选手们将从五场比赛中任意抽取一场。终于轮到我上场，与其他四位选手到抽签箱前站定，心中默念：只有百分之二十的概率，一定不要抽到8月18日那一场，拜托拜托。

我的手在抽签箱里摸到一个球，然后缓缓地从箱子里拿出来，看了一眼上面的日期，眼泪随即夺眶而出。当我抱着抽签箱啜泣的时候，底下坐着的选手们都在问："啥情况啊？咋还哭了？"此时，另一位选手，也是我的好朋友姗姗在人群中说："那天是她的婚礼。"

这段小插曲是大家在电视上没有看到的，却是那次大赛给我留下的最珍贵也是最暖心的回忆。我之所以能够继续参赛，多亏了其他的每一位选手，因为抽签的公证程序规定，若有选手想要改换比赛日期，必须经由每一位参赛选手签字确认同意。那天下午，在全部选手抽签完毕之后，谁都没有走，他们一个一个排着队到公证员面前签字，同意我在其他录制场次中重新抽签，用熙文的话说，他们好像是在参加婚礼签到一样。真的感谢每一个人。

事后回想起这个小插曲，我觉得是上天从那时起就在逼着我做出选择。一边是等待多年的事业机会，一边是筹划已久的婚姻大事，完美冲撞，如何平衡？如何抉择？虽然在大家的帮助下我顺利完成了比赛，可是赛后我又一次站在了人生的十字路口。

到央视工作，还是移居海外？接受手中的橄榄枝，还是奔向远方的未知？找一份有社会地位和保障的工作，还是选择自由职业或者创业？也许在某个人生节点上，我们都要做出这样的选择。

通常人们会倾向于选择更加稳定和有保障的选项，因为那意味着安全感。而当初我的选择是：接受那风景的邀请，无论它通往何处。可以说非常大胆，很多人都不理解，尤其是长辈。在他们的认知中，工作单位等同于社会地位，社会地位等同于一个人的价值。但那时的我已经模糊地意识到，我的人生不应该被某份工作或者某个供职的平台所定义。其实我一直想到更远的地方看一看，读万卷书还没行万里路，但曾经因为经济基础薄弱又肩负供养父母的责任，因此一直没有机会。当有一条若隐若现的小路在我的脚下铺开，延伸到没有尽头的远方时，我勇敢地踏了上去。

移居海外后我一直从事自由职业。也许有很多年轻的朋友也很向往自由职业和自由的生活方式，那么我也分享一点感受与经验，希望对大家有帮助。

无论选择哪一种路径都要首先认清自己的优势与劣势，然后再进行价值匹配。如果你是一个特别在意他人想法的人，那最好不要冒险；如果你是一个特别有主见、个性强、抗压能力强、不太在意他人想法的人，那值得试一试。因为选择一条少有人走的路通常意味着违背社会主流意见，千万不要小看无形的人情压力与舆论压力。

自由职业听起来非常自由，却十分不职业，在一些长辈或者低认知群体看来等同于找不到正经工作，甚至不是个正经人。我认识一位在意大利从事自由职业的女性，风生水起，已经在米兰买了房，可她的家人还总是催促她回国在当地考个公务员。她退出了所有家族群，回国探亲也避免跟太多亲戚接触。她说："他们的想法不会改变，不要浪费时间去争吵，我能做的就是屏蔽噪音。"我跟她的想法一样，不要浪费精力去对抗主流观念，而要集中精力做好自己能做的事。

接下来是更加现实的坎，自由职业不仅意味着没有稳定的收入和社保，还意味着不被社会主流体制所接纳，最直接的例子就是不好办签证。有一年，加拿大某华人团体邀请我参加活动，我想带着化妆师L小姐一起去，当时的她没有签约任何公司，结果她被拒签了，我们推测就是因为没有在职证明和稳定的收入来源。那是我第一次直接地感受到自由职业的不自由。

我也经常会有未被社会体系收编的不安全感，很想找个班上，尤其是在我先生升职的时候。他的工作有明确的工作流程、任务指标、晋升机制，他的努力会被组织肯定得以显化，他的社会坐标明晰而闪亮。而我，很少有机会得到社会性肯定。这就是人的矛盾之处：既不想被社会评价体系裹挟，又放不下社会体系给予的肯定和福利。

于是，我曾尝试找了份"工作"，每天按时上班。让我最受不了的是工作中的时间荒废，参加各种没有核心议题也没有结果的会议，一遍一遍地阐述自己在工作中都做了什么，还有哪些不足，按照领导要求完成某项工作后又被推翻，耐心地聆听领导一遍又一遍地重复他的"智慧"，朝令夕改，为了不让你闲着非得找点不必要的事让你动起来……这段经历让我再次确认：这班是一天也上不了。

最近看到《时尚先生》中的一篇对某脱口秀演员的报道，他至今没有签约任何公司或者俱乐部，还是独立的自由人。自由职业人的核心资产是一技之长，他之所以敢独立、能独立，是源于他丰富的生活经历、强大的创作能力与独特的表演风格，即所谓的"艺高人胆大"。"我是一个喜欢自己打伞的人，自由的状态让我感觉非常舒服。"他说，"在这行里，没人能强迫我做任何事情。"

跟他一样，我也一直很向往做个独立的自由人，给自己撑伞，有一定的经济基础，凭借自己的一技之长做点事，谁也不属于。在一个行行都卷、人人都卷的时代中，游离在职业体制之外，是一种勇敢的自我选择。

当然，自由要付出代价，不自由也要付出代价，自由有自由的活法，不自由有不自由的活法，它们没有高低优劣之分，只有存在状态不同。重要的是无论在哪种活法中，自己能够把眼下的生活过好，心态平衡，有所创造，享受过程。

02
冲突

"真正的强大,不是对抗,而是允许发生。
允许遗憾、愚蠢、丑陋、虚伪,
允许付出没有回报。
当你允许这一切之后,
你会逐渐变成一个柔软放松舒展的人,
也就是一个无比强大的人。"

不被驯化的女孩

曾经收到过一位女生的私信,信中说每当她想做那种"不好惹"的姑娘时,她的妈妈就会跳出来指责她说:"不要这样,没有教养。亲戚朋友会说我没教育好你。"女生觉得非常委屈和气愤,难道教养就是让自己的女儿忍气吞声吗?

很多传统意义上对女孩子的教育都是在教养包装之下的驯化,家庭教育往往是社会规训的最前线。不要觉得人类只驯化动物,其实在人类社会内部也存在多种驯化,比如富人驯化穷人做他们的仆人,资历深的前辈驯化新人任其差遣,父母驯化孩子,男人驯化女人,女人帮助男人驯化女人……那如何区分教育与驯化呢?从目的来看,教育的目标是成就人,帮助人实现自我追求,而驯化的目标是把人训练成适应某种标准和需求的状态;从手段来看,教育鼓励人发现自我、表达自我、提出质疑和挑战权威,而驯化则具有明显的去自我、去个性、去反叛的特征,要求女孩子听话、顺从、忍让、妥协、无私。

在家庭之外,社会也编织了严密的规训网络以控制女性的思想意识与行为方式。在思想意识上,社会发明出单独针对女性的道德观念,不断强调女人的羞耻感。内衣羞耻,月经羞耻,走光羞耻，性羞耻，身材羞耻，容貌羞耻，妊娠纹羞耻，生不出儿子羞耻，漏尿羞耻，更年期羞耻……可以说女人的一生都被羞耻紧密包围。羞耻感是外部攻击的自我内化，也是他人控制你于无形的手段。从感到羞耻到自觉修正行为，再到恐惧羞耻进而自我阉割，仅仅一个羞耻的概念就给无数女人戴上无形的镣铐，使她们不仅甘愿放弃自己的自由，还把这种羞耻奉为圭臬，教育、攻击其他"越界"的女性，在女性团体内部形成相互监督、纠正和惩罚的氛围。为了应对这些无中生有的羞耻感，女人白白浪费了多少情绪、精力和时间，它们本应用来学习知识、获取资源、发展自我和追求成功。男人从来无须面对这些所谓的羞耻感，并被鼓励把全部的精力都花在追求事业成功、实现个人价值和获得权力上。社会为男性敞开所有大门，却为女性设置无数红线。

在行为方式上，各种服从性测试让世界变成女人的闯关游戏，处处受卡。曾经看过这样一则新闻，在我国某地的结婚风俗中，在仪式开始前要先让新娘子自己端坐五个小时，此举一是为了迎接吉时，二是为了磨一磨新娘的性子。还有一则新闻，一个女孩第一次到男朋友家做客，却被男朋友的妈妈要求用冷水洗碗，照片中女孩子的手冻得通红，与华丽的美甲形成鲜明的对比。这些做法都是为了测试女人的忍耐力和服从性，以便让她更好地为男性及其家庭服务。

家庭与社会规训的后果是女人自我价值的矮化以及深入骨髓的不配得感。阿富汗女议员库菲曾经在走访基层的时候遇到了这样一位妇女，她已经有五个不满七岁的孩子，当时还怀着七个月的身孕。她每天早上四点起床扫雪、打扫马厩、喂牲畜、做饭、打扫房屋，经常干完一整天的活儿夜里疼得动弹不得。库菲注意到她好像生病了，于是建议让丈夫带她去看病。可她说，医院太远了，若是要去就得卖掉一头山羊或者绵羊来支付治疗费，丈夫根本不会答应的。库菲告诉她，她的命可比一头山羊或者绵羊珍贵，可她却说："如果我死了，丈夫就另娶他人，整家人可以喝山羊奶，吃绵羊肉。但如果我们没了一头山羊或绵羊，家人吃什么？这个家吃什么呢？"这位妇女的遭遇是一个比较极端的例子，但在我们身边，多少妇女身上都或多或少有她的影子，承担全部家务却得不到任何经济补偿，为了给家里省钱而默默忍受痛苦，认为自己不配得到优质的生活……

女人想要获得独立、富足且自由的生活不仅仅只是经济上的问题，更是一个族群与社会允许她自由到什么程度的问题。想要打破传统、教育、文化、道德、社会共识等多方面的规训，女人必须出走。

第一次出走，是要在物理空间上离开原生家庭。如果你对自己原生家庭的教育环境非常不满意，那首先要做的就是物理隔绝。上大学或者工作是一个很好的契机，不要惧怕去到一个新城市举目无亲、没有依靠，你已经是大人了，已经具备创造生活和掌控人生的能力，你会在那里生根发芽，找到一个新的适合自己恣意生长的世界。

第二次出走，是要尽快摆脱对原生家庭的经济依赖。物理空间上的隔绝是不够的，只要在经济上依赖他人，就无法从根本上摆脱控制，经济独立是克服规训的唯一途径。不要迷恋奢靡的生活，从力所能及的基础工作做起，尽快赚钱，供养自己。

第三次出走，是要在精神层面与原生家庭切割。女孩在经济独立、生活独立之后，与原生家庭的矛盾可能会进一步激化。父母不愿意轻易放弃对你的控制权，有些父母甚至还想从你身上榨取经济价值。面对这样的情况，首先，要明确地、勇敢地表达自己的观点和诉求，捍卫自己的权利，以平等的姿态沟通，不再"跪"着跟父母对话；其次，学会课题分离，不要把解决上一代人的问题揽成自己的责任，不要让原生家庭的问题随便入侵自己的新生活，哪里产生的问题就让它留在哪里，谁制造的问题就留给谁去解决；最后，吞下"不孝女"的标签，有人会将你的独立定义为不孝，对你进行道德绑架，此时不必自证是孝女，因为这是一道永远没有尽头的证明题，你宝贵的时间、精力和金钱都不应该浪费于此。

第四次出走，是要投入到广阔的社会生活和世界中去，建立多元的生活支点。钱、事业、朋友、阅读、技能、爱好……支点越深越多，心态越稳，再也不会因为某一个支点的断裂抽离而觉得天塌了。通过大量的阅读吸收先进的观点，与形形色色的人打交道，体验各种各样的生活方式，用社会教育与自我教育洗涤曾经受过的规训。想去看更远的世界就好好学习一门外语、钻研一项技能，攒钱去旅行、去留学，去体验对女性更加友好的社会环境，去看看那些不被驯化的女孩，独立、自强、自由的女孩，她们的生活是如何开展的。

没有任何一种自由是不需要付出任何代价就能获得的，要做好面对激烈冲突的准备，狭路相逢勇者胜，突围之后，一个全新的自我必将诞生。

所有的失败都只是有限范围的失败

拥有世界听起来光明灿烂、前景无限，但现实的残酷往往在于拥有光明之前首先要承受黑暗，在拥抱成功、独立、自由、潇洒之前首先要学会面对冲突、失败、对抗、伤害、脆弱……

前文已经详细探讨过行动对改变人生的巨大价值，但需要做好准备的是，行动开始后首先要面对的并不是成功，而是失败，甚至是反复的失败。强烈的挫败感令人质疑行动的意义和价值：如果没有行动会不会更好？那就不必承受这么多的挫败。

以前的我很热衷于参加各种比赛，为了实现成为一名主持人的梦想，大大小小的比赛参加了很多。有一次比赛，我的才艺展示还没结束就被评委叫停，大家都知道这意味着什么。我心有不甘，觉得至少应该让我完成自备主持，都还没给我机会展示主持能力怎么知道我不行呢。可接下来评委老师的话给了我致命一击。

她很直白地说："你这种长相，做主持人没有任何优势，不如试试做幕后编导。"

这句话让我想起一位男主持人曾经在私下说的话："女主持人首先就是要漂亮，不漂亮观众马上换台。"事实就是这的确是一个"看脸"的行业。我也自知相貌并不出众，本以为可以凭借表达能力扳回一局，可没想到却直接"死"在了起跑线上。之后，就连学校电视台选拔新闻主播我也没通过，只能担任只出声不出镜的幕后配音。一次，学生记者团的团长安排我做实习主播，却被老师质疑："她行吗？"从那以后我对自己的容貌越来越不自信，于是开始尝试做广播主持人，不需要露脸，也不会有人对我进行容貌审判，我那可怜的自尊心可以得到一点保护。

那时北京大学生电影节主持人大赛正式开启，前三名将有机会搭档央视主持人主持北京大学生电影节闭幕式，还能采访很多演艺明星。我虽然心向往之，但之前受到的种种打击令我望而却步，可我实在不甘心多年的梦想就此破灭，于是决定再试一次！没想到，那次我居然意外地获得了亚军。为了更加上镜，我还特意在直播前一周去打了瘦脸针，可打完才知道要过一个月脸才能开始瘦下来，白打了。直到参加央视主持人大赛，我对自己的容貌依然不自信，看着其他主持人个个头小脸小，都不太好意思跟他们合照。

总之一路走来，有过成功，也有过失败，而且失败更多，现在我终于想明白了：所有的失败都仅仅是某个特定范围的失败。我们并不活在问题中，而是活在对问题的诠释中，如何看待失败才是最重要的。

参加一次比赛、考试或者选拔，名落孙山，没有成功，能说明什么？仅仅能够说明我并不适合这一套评价体系，或者说这一套评价标准要选的并不是我这样的人。比如尽管都是主持人大赛，评委不同、侧重不同就会导致结果不同，我在侧重"看脸"的比赛中初试都过不去，却能在另一场大赛中获得亚军，之后还能登上央视舞台。不要特别在意评委的话，他们虽然在行业中取得过成就，但那也不代表他们的眼光和评判标准就是绝对正确的，每个人的判断都可能有误，甚至一群人看似一致的意见都可能是精心设计的结果。

很多人在生活当中特别容易过度归纳，觉得只要有一次失败，整个人就跌入谷底，无论再做什么事情都不会成功，人生不再有希望，破罐子破摔，急于把自己定义为一个"失败者"。千万不要这样过度归纳，不要这样攻击自己。事实上，比赛只是一种评价体系，而且只是世间众多评价体系当中的一种而已。没有一套评价体系、评价标准能够评价所有人，也没有任何一套评价体系能够检测我们所有的能力、经验和擅长的事情。甚至可以用一种更戏谑的视角去看待我们跟评价体系之间的关系，这种情况有点像谈恋爱，不是说谁优秀谁就一定有胜算，主要得看两人之间合不合适。如果合适，那么在这套评价标准当中彼此就会胜出；如果不合适，那无论彼此如何努力，在这套评价体系当中，都无人胜出。因此，不要无限放大失败在人生中的作用，不要让失败过度影响我们的心态。失败不是全部，它仅仅是人生当中很小很小的一个点而已。在人生当中还有很多的评价体系、很多的评价标准等着我们去挑战，甚至等着我们去制定，千万不要变成一个被各种评价体系控制的"失败者"。

人生是方格，而非竖梯；是广场，而非高塔；是旷野，而非珠峰。方格、广场、旷野的共同特征是有多个维度并且向四面展开，不像竖梯、高塔、珠峰那样纵向延伸，不进则退。人生不是一条只能向上或者向下的单行线，而是可以向左向右向前向后的多面体。人生的弹性很大，容错率也很大，有时我们会错误地走入一场竞争，或者进入一条并不适合自己的赛道，失败只是一种提醒而非否定，提醒我们去选择更加适合自己的道路，而非在不适合自己的道路上死磕。当然这并不是让你浅尝辄止，遇到困难就随意退缩，也不代表反复失败没有它的意义。而是说我们需要在努力之上建立一种更加宏观的视角，以防被失败缚住手脚，无法自拔。

与其把自己困在同一套评价体系中苦苦挣扎，不如利用这个时间去其他的评价体系中体验一下，看看自己是否能够如鱼得水。即使事实证明在另一套评价体系中自己依然没有成功，那也没关系，始终要记得：只是一个点失败了，而不是整个人都失败了。

没有争吵，也没有告别

有些分离是在无声无息中完成的，甚至毫无征兆，没有争吵，也没有告别。

突然被拉黑，你的反应是什么？找原因。"是不是那天晚上我忘记回信息，他生气了呀？""是不是那天聚会的时候我开玩笑说她有点胖了，她不高兴了啊？""我究竟哪句话说重了或者说得不对呢？"这是很多人最真实的第一反应，率先反思，思考是不是自己做错了一些事情得罪了对方。这种反应的心理动机是自己被拉黑并非无缘无故，甚至情有可原，责任可能在我，毕竟谁会无缘无故拉黑你啊？可事实并非如此。

之前谈过一任男朋友，异地恋，有一天晚上给他打了好几个电话都不接，很反常。又加上他当时在美国工作，于是我就脑补了好多新闻中抢劫、枪战、绑架等极端的场景。越打不通越担心，隔一会儿就打一个，一直熬到快天亮也没联系上。第二天再尝试给他发信息时，发现我在各类通讯与社交软件上都已被他拉黑。

突然，手机里弹出一个熟悉的名字，是一封新邮件。里面的内容大概是他认为我们两个人未来的发展方向不太一致，他想留在美国继续工作，我们一直异地不切实际，所以不适合继续在一起。其实对于分手我并没有难以接受，但对以这种方式被分手着实不爽。我请一位中间朋友联系，唯一的诉求就是跟他通个电话。在电话中我并没有问为什么要分手之类的话，因为人家在邮件中表达得已经非常清楚，我唯一需要解决的问题就是想知道自己为什么被拉黑。他的回答让我豁然开朗。对于他来讲，这是最简单的方式，不需要面对我，不需要接受我的质问并解释，不需要有任何的纠缠，可以用最短的时间单方面结束这件事。

那一刻我终于明白了拉黑的心理动机：他已经做出决定并且不想在你身上浪费任何一点时间和情绪，既能全身而退又能减轻负罪感。真正令我释怀的是它让我明白这段关系的断裂并不是因为我做错了什么，而是因为对方自私的需求。虽然他的自私可能会对他人造成伤害，但对于他本人来说是极其合理且具备自我保护功能的。因此，被拉黑时不要率先自我怀疑和反思，放过自己，这是唯一重要的事。

可能你也有过被朋友、恋人等自以为亲密无间的人突然拉黑的经历。学生时代曾经手挽手去上厕所的闺密在上大学或者进入职场之后因为消费观的差异突然和自己切断联系；曾经天天泡在一起逛街、喝下午茶、吐槽男人的姐妹在你提醒她男友有些花心之后突然变得疏远；曾经一起吃食堂、给彼此带饭的室友突然与自己形同陌路；曾经一起刷夜上自习拼命考研的伙伴一旦上岸音讯全无……你甚至以为是自己不好而被讨厌了。

岸见一郎曾说："有些人不是因为别人有短处或缺点，所以讨厌对方，而是为了讨厌对方，所以找出那个人的短处或缺点。讨厌对方之后，他就可以不必和对方往来。"我也曾经遇到过因为一些小摩擦就越来越疏远的朋友，有一天当我给她发信息的时候发现被拉黑了。我也曾经想过要不要试图去修复这段关系，但是后来想明白，即使再联系上，我们的关系也无法修复如从前。

不要去找那些拉黑你的人掰扯，哪怕只是想讲道理或者把事情说明白，争辩和吵架的本质是你依然希望获得对方的认同、关注和爱。行动等于答案，拉黑这个行为本身还不够明确吗？也许你怕中间有误会，即使真的是误会，你的做法是积极沟通，对方的做法是不沟通直接拉黑，两种处事方式的人真的适合做朋友吗？不要试图跟他重新建立关系。朋友或者情侣的关系就好像两个人一起拉一根橡皮筋，一旦对方毫无预警地松手，你的结果只能是被弹得生疼。最后只剩下自己，无论怎么使劲、怎么努力，橡皮筋都不可能拉回原来的样子。

一个人选择你做他的朋友或者不做他的朋友，都是他的自由，拉黑就代表对方不再选择你作为他的朋友，我们应该给他这个自由。生活的基调是变化，随着升学、工作、移居、出国，我们的生活变化越大，我们自己变化越大，我们的朋友圈就会变化越大，要允许朋友圈里面的人进进出出。

很多朋友都是阶段性或暂时性的。西方有个经典的"夏令营理论"，适用于所有短暂而注定结束的亲密关系。曾在电影《社交网络》中扮演扎克伯格的美国演员、编剧杰西·艾森伯格有这样一段话："你跟一些人在不同的城市演戏，有点像一个家庭或一个夏令营之类的东西，你远离家人，遇到了一些新朋友，享受了一段美好时光。你们只是偶然地闯进彼此的人生，在一起拍戏的时候，你们要经历一些富含感情的场景，在离家万里的城市，所以可能会表现真挚的感情，但是这样的关系是很难保持的。然后夏令营结束了，你们回到各自的生活中，没有再联系。因为你们最终要走上不同的路，做不同的事情。"

有些人、有些关系在我们的生命中注定是过客，并不是所有的分离都伴随着激烈的争吵或正式的通知，一切都来自人与人之间的心照不宣，戛然而止，灰飞烟灭，从此，我们的生活毫无关联。要学会接受和允许阶段性的关系，明白能走散的人注定不是生命中不可或缺的人。每当错过一些人、一些机会或者由于种种意想不到的因素而无法完成一些事情的时候，我就会用这句话安慰自己：没有缘分。失去的那些人就让他们走吧，我们的生活依然滚滚向前。不要怕失去任何人，失去任何人我们都能照样活得精彩。

被孤立不是你的错

"人的烦恼,全都来自人际关系的烦恼。人并不是独自活着,而是在其他人之间活着。"活在他人之间,有人小心翼翼,有人谄媚讨好,有人进退两难。但我们并不是人际关系的决定者,有时即使百般隐忍、委曲求全,还是落个被孤立的下场。

被孤立了应该怎么办?当作什么都没发生,静观其变?跑去质问对方把话说开?默默伤心顾影自怜?无论怎么做,都希望你记住这句话:孤立你的人本来就是你生命当中应该被淘汰的人,就算他(她)不孤立你,你们也不会成为朋友。

也许每个人都有过被排挤或被孤立的经历,如果说被孤立教会了我什么,那就是下面这三点。

首先,有时我们被孤立并不是因为做错了什么,而恰恰是因为做对了一些事。孤立你的人反而是懦弱的、不敢直面现实的、不敢承认自己错误的人,他们为了掩盖事实和自己的问题,仗着手里的一点权力,只能联合众人去孤立那个可能会说出真相的人。

小学二年级,有一天,在上完课间操回班级的路上,班主任从我身旁经过时狠狠地瞪了我一眼,寒气从我的后脖颈升腾起来。回到教室，她突然非常生气地对全班同学说："大家以后都不要跟王帆讲话！"我究竟做错了什么？就在前一天，老师把我的学习委员撤掉，换成了一位成绩并不是很好的男同学。我当然气不过，课后就跟同学说："不就是因为他妈给老师送礼了嘛！我家跟老师住在同一个小区，前段时间老师生病，我亲眼看到他妈妈拎着鸡蛋和一兜子水果往老师家那个单元走。"即使被攻击、被孤立，我也坚定地认为自己没有做错。

面对这种孤立绝不要害怕，更不要妥协，没有必要为了得到一团污秽的认可而丢失本真，反而要谢谢孤立你的人，给了你一个不跟烂人同流合污的机会。

其次，孤立我们的人其实只是世界中非常非常小的一个点而已，不要以为被他们孤立就是被世界孤立，完全可以绕过他们找到其他的信息源和朋友，他们根本没有那么重要。地球少了任何人照样自转，你离开任何人也照样活。

我考上北大之后的一个意外收获是：人际关系变得异常简单。具有顶尖才智的这群人不屑于使用小动作去达成目的，脑门上都写着：光明磊落。这种人际氛围简直太解压了，所谓人生越向上走空气越干净正是这个道理，聚集在金字塔尖的人更喜欢把时间和注意力花在自己身上，而非关注和干扰他人。以实力作为通行证，彼此尊重、赏识和支持是主流，比较、嫉妒和压迫则被嗤之以鼻。但也要知道，害群之马在任何群体中都存在。

因为迫切地想要经济独立，刚上大学我就开始搜寻各种兼职机会。有一次听 D 同学说起她在做兼职的机构寒假要招人，我和一位师弟都请她帮忙推荐一下。过了几天迟迟没有面试的消息，我就问 D 同学："什么时候面试啊？"她说："哦，因为这次报名的人数不够，面试取消，下次什么时候有，我再告诉你。"她没有想到，师弟知道我也应聘了这个职位，就跟我分享了面试的消息。面试那天，我早早到达会场，坐在后排等着 D 到来。她一推门进来，疑问写在脸上，我微笑地看着她说："面试不是取消了吗？你怎么还来呀？"她什么都没说，赶紧找前排的位置坐下来，背对我。

想知道 D 的结局吗？因为经常在别人背后搞小动作，她最终被全班同学排挤，班群里没有她，集体活动也没人邀请她。总是试图去孤立别人的人，也会被别人孤立。不要以为孤立你的人站到了山尖上，他只是流落到了一个荒岛上，而你，依然在广阔的大陆上。

最后，弱者才喜欢搬弄是非孤立别人。弱者都是群居的，他们需要依靠彼此建立安全网络才能够生存下去。一旦强者出现，弱者的不安全感立刻提升，他们内心充满嫉妒和恐惧，惧怕公平竞争，怕你抢了他的机会和资源，怕你更优秀更成功，只有把你挤走，他们才感到安全。

我有幸与瑞银集团首席执行官安思杰先生相识。他从一个小小的银行学徒做起，在实践中不断学习会计、金融等知识，直到五十一岁时被任命为瑞银集团 CEO（首席执行官）。他曾分享自己的职业经历说，他在工作中的积极进取有时会被同事视作激进或挑战,每当他开始听到有人在背后窃窃私语或者试图孤立他的时候,他就知道是时候换地方或者升职了。每换一个新岗位、新部门、新公司,他的事业都会更进一步。就是这样步步累积,才最终走到 CEO 的岗位。

曲高而和寡,道近而易从。木秀于林,风必摧之;人浮于众,众必毁之。不要害怕远离人群,也不要害怕孤军奋战,当世界试图远离你的时候,也许就是你更接近成功的时候。

允许难过,允许脆弱,允许不勇敢

冲突,把毫无防备的我们拽到世界的另一面,这里黑暗、动荡,充满恶意,被困其中的人仿佛身陷沼泽。此时,我不想再告诉你"勇敢、反抗、斗争",而想抱抱你说:"没关系,可以难过,可以脆弱,可以暂时不勇敢,先保护你自己。"

"从原生家庭救赎自己的时候感觉很难,一不小心就变成了罪人,负罪感爆棚。"闺密牛小姐突然发来这样的消息,相信渴望摆脱原生家庭拖累的人都无比理解这种感受。这个世界对孩子的道德要求高于父母,对女人的道德要求高于男人,所以当你是个女孩子,那么抱歉,你身上背负的就是全世界最高的道德标准。对父母,你要温顺听话,做个贴心的"小棉袄",帮助父母化解矛盾,理解他们的不容易;出嫁如同泼出去的水,你成了外姓人,父母对你再无帮扶的义务,但在经济上接济父母兄弟那也是你分内的事;等父母老了应当时时探望,即使你有兄弟,也应更经常侍奉于榻前,因为女人心细会照顾人,男人笨手笨脚照顾不好;但你也别想着因为多出了力就能多分财产,明事理的兄弟会分你一半,无赖的那种只会认为男人天然独享财产继承权,你若想拿回属于自己的一份,那就小心被扣上

"贪心"的帽子。

牛小姐北漂多年，父亲早逝，母亲改嫁，有个正在读书的弟弟，父亲还留下了若干债务。按照法律，没有父债子偿这一说，她本不必替父还债。但没办法，她是个女儿，天生懂事要强，不忍让母亲一人背负债务。至今还记得她告诉我还完债的那一天，咧嘴笑得像个孩子："突然感觉好轻松啊！"我仿佛看到一直压在她肩上的那块巨石缓缓滚落，她直起脊背，伸个懒腰，龇个牙傻乐。可那一刻我好想为她痛哭一场啊！我们赞扬这样孝顺无私的女儿，但她背负的痛苦又有谁能化解呢？即使她已经为家庭做了这么多，可当她试图从原生家庭救赎自己的时候，依然被负罪感缠身。

负罪感只会侵袭那些道德标准高的人，通常是我们对自己的高要求导致内耗，损害了自己的幸福和利益。对于道德感强的人来说，人生会成为一场永无休止的竞赛。你对自己要求高，别人对你的要求就会更高，当别人对你提出更高的要求，你便要求自己不仅要达到那样的境界，反而还要超越……把自己架在道德制高点，伙同他人不断往底下垫砖，直到高楼已危，骑虎难下。

适当放低对自己的要求，先保护自己，千万不要跟别人一起伤害自己、剥削自己。社会规训的目标是让女性忽略自己甚至忘掉自己，只有失去自我才能全心全意贡献于他人，这是完完全全把女性当作资源而非人来对待。我最不愿看到的就是女性自己沉溺于这场宰割盛宴而不自知，不反抗也不保护自己，甚至还仇视试图点醒和拯救她的人。我会反反复复地强调保护自己的重要性，因为在这个世界上唯一有能力随时随地保护我们的人只有自己，我们就是自己的守护天使。

"未被表达的情绪永远不会消失。它们只是被活埋了，有朝一日会以更丑陋的方式爆发出来。"我们应该允许自己的情感释放出来，去直面愤怒和哀伤，也许有人会不断告诫自己忽略这些负面情绪，但真正能做到的寥寥无几。不妨试着用孩子的心态去处理，遇到疼痛伤心事就号啕大哭，而且要上一秒还在哭，下一秒又可以立刻撒欢儿去玩耍。

如果你想难过，那就难过，不用故作姿态掩饰悲伤，给痛苦一个出口，不要让它在自己的身体里倒灌，酿成抑郁之结。如果你想脆弱，那就脆弱，不用时刻如翠竹，坚韧不屈。你可以随风弯折，偶尔掉落枝叶，你不会因为偶尔的脆弱而倒塌，只会因为持久的重压而骤然崩裂。如果你暂时不想勇敢，那就不勇敢，正如我很喜欢的一首歌：

我们可不可以不勇敢
当伤太重心太酸无力承担
就算现在女人很流行释然
好像什么困境都知道该怎么办
我们可不可以不勇敢
当爱太累梦太乱没有答案

> 难道不能坦白地放声哭喊
> 要从心底拿走一个人很痛很难
> ……

　　虽然世界充满恶意,但我们应当学会与周遭的恶意和平共处,允许自己各种形式的情绪合理地流淌、宣泄。接受自己适时地不勇敢,也是一种勇敢,我们要勇于直面自己真实的内心,勇于让真实的自己浮现,勇于忽视他人的眼光和议论,勇于披荆斩棘守护自己。

　　当个乖孩子,好好睡一觉,明天就不会感到那么不堪一击了。然后,在真正的生活面前清醒过来,与周围的人发生冲突,而后把一切都大胆地尝试一遍。

03
婚恋

爱情应该是认可我，
而不是限制我。
……

——西蒙·德·波伏娃

爱情应该是认可我,而不是限制我

"爱情应该是认可我,而不是限制我……共同生活应该促进而不是阻碍我的基本追求:拥有世界。"这是一位青春期少女的宣言,她也许也没想到自己有一天会成为女性主义的先锋人物,让西蒙·德·波伏娃这个名字享誉世界。

刚上大一的我还没读过波伏娃,但跟她一样有过类似的感觉。那时候我们学院排演话剧,我扮演的角色是一位神秘妖娆、风姿绰约的女子,舞台妆和表演方式也偏大胆开放一些。没想到经过初赛、复赛,这个剧一下子进入了全校戏剧风采大赛的决赛圈,那就意味着我们要登上全校最大的舞台,在全校观众面前表演。我兴奋地把这个好消息跟当时的男朋友分享,可他却一脸不悦,说:"我不希望你站在台上搔首弄姿,让别的男生看,你要是爱我就别去演。"可这句话在我听来就相当于"如果你爱我就别做我不喜欢的事,不管你喜不喜欢"。

那是我第一次感受到男人以爱的名义威胁,让我放弃自己喜欢做的事情,他的爱突然变成了限制和控制。最后我还是去演了,还获得了最佳女配角奖,他没去看。

大二我争取到了去香港交换一个学期的名额,他又不开心了,"能不能不去?你走了我怎么办?"其实他也不是没了我活不下去,只是不想让我脱离他的掌控范围。后来,我还是去了,他也成了前男友。

也许女孩在恋爱中都曾遇到过类似的情形,男友从限制你的着装、社交、爱好,再到限制你的学业、事业、发展,爱情变成合理控制你的借口,在这段关系中你感到越来越不被尊重和不自由。男人有时让我厌烦,我讨厌他们把女人圈禁起来、关在家里的想法,讨厌他们出于个人利益而主张为女人决定一切的自私,讨厌他们看不得女人更加卓越耀眼的短视,讨厌他们以爱为名的控制欲。如果爱情增加了生活的重力甚至成为前进的阻力,那就说明是时候调整这段关系了。

后来,我遇到另一位男朋友,他的个人条件和家庭条件都非常优越,我们甚至已经开始计划未来的生活。可我逐渐发现,在对未来的想象里,他更希望我做一个贤妻良母,生活中总是有意无意地提醒我做家务。有一次,他的父亲对我说:"一定要有一个人为家庭牺牲。"言外之意,当然是女人要为家庭牺牲。

事业还是爱情?男人会毫不犹豫地选择事业,家庭和社会都鼓励他们这样干;可一旦到了女人身上,整个社会都希望她们站在爱情一边,想要选择事业的女人不得不承受选择的压力,因此女人常常被困在这样的选择里。

我想到一位师姐的故事。有一年"光棍节",我们在导师的工作室办相亲会,其实也就是大家做做游戏,热闹热闹。过了几天,突然听说一位师姐"脱单"了,可我们并不记得那天活动中有哪位男士跟她匹配上，只记得她整晚都在跟一位年长的阿姨聊天。原来那位阿姨的儿子在北大任教，至今单身，阿姨想要撮合他们俩。两人见面后互相很有好感，就这样顺理成章地在一起了。那段时间师姐整个人被爱情滋润着，面若桃花，我们都替她高兴。可没想到只过了两三个月，他俩就分手了。原来，男方的妈妈要求师姐每天给她儿子做饭，把她当成家庭主妇一样。那时候师姐想等硕士毕业继续读博，可男方家的意思却是家里有一位博士就够了，将来还有机会评上副教授、教授，妻子最好能够相夫教子，支持丈夫的事业更上一层楼。他们全然不在乎她的学术理想和事业抱负，无视她作为北大硕士的价值和努力，只想把她变成知书达理、为家庭和男人服务的机器。

也就是从那时起，我的爱情观开始被重塑，对高学历的男人、看似条件优越的家庭彻底祛魅。以前我天真地以为爱情就是彼此欣赏和支持，而现实却是我自认为最亲密的爱人，想要与之共度一生的爱人，竟然能够接受甚至支持为了家庭牺牲我的追求，那一刻爱变得空洞而狰狞，我还没有做好牺牲自己的准备。事实上，我永远不会做好这样的准备，我决定必不能把自己"奉献"给任何人。

爱情在女人的生命中被过度渲染和强调，让我们相信它具有神奇的魔法，能为柔弱无力的女人赋能，能拯救我们于泥沼，暗淡的人生必须由它点亮。这种人为制造的浪漫幻觉让女人相信无论爱情伴随着多少附加条件都应该接受甚至忍受，并且这种忍受是对自己有益处的。如果爱情需要我们的脚小一点才能穿上水晶鞋，那就千方百计地把脚捆住不让它自由生长；如果爱情需要我们温文尔雅轻声细语，那就努力学习克制自己的表达冲动；如果爱情需要我们身材纤细面容姣好，那就把时间都花在变美变瘦而非学习和探索上……你们难道不觉得女人为所谓的爱情牺牲太多了吗？它在开始为你赋能之前就试图绑住你的手脚，把你的能力限制住，这样的赋能又有什么意义呢？

遇到现在的先生时，我正在撰写博士论文，有时周末依然要加班加点地写，他就在办公室或图书馆陪着我写，哪也不去。那时我的目标只有一个：博士毕业。他说："跟你完成自己的目标相比，我微不足道。不用考虑我，就做你应该做的事。"后来，由于筹备婚礼和参加主持人大赛时间重合，我分身乏术，他的爸爸特意打来视频电话，告诉我这个比赛对于我来说很重要，可能是一次改变人生的机遇，让我专心比赛，婚礼的事他们会在线上跟我沟通，然后按照我的要求落实好，我只要婚礼当天能到就可以。婚礼前两天，我带着父母和婚纱飞到意大利，婚礼后的第三天又飞回北京继续参赛。朋友调侃我说："你像是去参加婚礼的。"

这也是为什么这段爱情能支撑我们走到现在，它不以爱的名义剥削我的价值，不把牺牲我当作理所当然，不限制我对更高目标的追求，认可我按照自己的方式、运用自己的力量去成为想要成为的人。这才是我想要的爱情，也是每一个女孩都值得拥有的爱情。

婚姻不足以让女人完整

不知为何，社会对"女人的人生应该完整"这一议题表现出很高的热情，身边不断地出现这样的声音：不结婚人生不完整，不生孩子人生也不完整。仿佛女人天生残缺，必须经历结婚生子方可痊愈。在这样的社会期许和规训下，许多女人将婚姻奉上神坛，虔心仰望，期待救赎。

婚姻仿佛成了女人唯一的前途，对于女人来说，成为"人生赢家"有一项必要条件，那就是结婚。以我自己为例，即便年薪百万并拥有博士学位，还没结婚时，也经常有人带着既夸赞又遗憾的口吻说："你看你各方面都这么好，要是再能嫁一个好男人，那人生可就完整了。"直到顺利结婚生子，我才终于成为他们口中的"人生赢家"。婚姻好像是女人在世上闯关的最后一个关卡，过了就能通关，不过就前功尽弃。

虽然我的婚龄还不长，五六年而已，但已经足够让我明确地认识到：婚姻不足以让女人完整。

自我完整是自己的终身课题，而不是伴侣的。以前我的先生常说这样一句话："You complete me."意思是"你让我完整"，充满了"在偌大的世界找到彼此"的宿命感，是不是很感人、很浪漫？直到听到另一种观点，我才幡然醒悟：为什么要将获得爱情之前的自己定义为不完整的人呢？美国电影明星安妮·海瑟薇在一次采访中说，她和爱人并不期待对方去使自己完整，因为每个人本身就是完整的，选择在一起是为了获得更多。她的原话是"Individually we are whole, together we are more"。独立时我们完整，在一起我们强大。这是一种更健康、更积极、更强大、更开阔的爱情观。每个人都有自己的人生课题，伴侣并没有义务去治愈你的童年创伤和残缺，能够解决这些问题的只有我们自己。一段健康的亲密关系有赖于两个人共同的投入与贡献，人格完整而独立的个体才能为这个小集体的稳定繁荣发展注入更多能量；相反，若是两个不完整的个体不断地从对方身上吸食能量，那么这个小集体整体的能量值就会降低，导致关系不稳定和破裂。当然，每个人都有弱点与缺陷，需要对方的帮助，但若凡事都只依赖帮助，不仅会让对方疲累，更会降低自我价值与吸引力。爱情是建立在彼此吸引基础上的互动，欣赏、尊重、仰慕都是构成吸引力的重要因素，人格独立、情绪稳定、心态平衡且具备解决问题能力的人更容易获得青睐。不如先把精力放在完善自我上，吸引爱情，而非拖着残缺不全的自己苦苦等待他人的救赎。

婚姻能带来的主要是社会性完整，而非自我完整。 当人们说结婚生子让女人完整的时候，更多的是指社会性完整，而非自我完整。在传统观念中，家庭是组成社会的最小单位，结了婚的人在社会关系上获得了完整性，被社会认定为更加稳定的状态。完整的社会关系让人获得暂时的社会性宁静，免受亲朋好友的催婚烦扰。外面的人看到的是一座完整的围城，丝毫不在意围城里面的样子。婚姻在使人从外部社会看起来完整的同时也会从某种程度上破坏自我的完整性，对有孩子的女人尤其残酷，曾经属于自己的时间、空间与自由被剥夺，隐私更是无从谈起，我称之为看似完整的残缺。自我完整靠的不是一间大宅，而是丰富的尝试与体验，事业、社交、娱乐、学习……这些通常在围城之外。

　　被爱这件事在女人的生命中被过分鼓吹和严重高估，仿佛唯一的赢就是获得男人的爱。在一部电影中，一位胖女孩因为喜欢一位拳击教练而去健身，不自信的她放低姿态、尽力讨好，想要获得这个男人的爱。可他只是短暂地对她好了一下，都不能说爱了一下，就甩开。演到这里我特别怕接下来的故事走向是女孩励志减肥变美重获男人的心，幸好导演不落窠臼，令人惊喜。在电影的后半部分，女孩爱上拳击，经过不懈努力，不仅拥有了健美的身材，还获得了跟职业拳击选手对战的机会。虽然比赛落败，但作为业余选手能够坚持完成一场职业比赛，她已经赢了。赛后，曾抛弃她的男人重新出现并发出邀请，可她没有赴约，头也不回地继续挥拳、前进。对于女人来说，不只被爱才算赢，我们要奔向热爱，挑战自我，体会各种赢和输的滋味，这样的人生才完整。

　　人的需求是多元的，爱人不可能在所有时间满足我们所有的需求，要学会到更大的世界中满足自我。在我的婚姻中有一个比较特殊的问题——跨语言沟通。我先生的母语是意大利语，我的母语是中文，从恋爱开始我们就一直使用英语作为中介语言进行交流和沟通。虽然常有矛盾，但总体上我们都认真倾听对方并努力地表达自己的诉求。可孩子出生后，矛盾越来越多，误解累积成怨恨，我们的沟通陷入僵局。"我受够了你的烂英语！"他的英语水平远在我之下，有限的词汇、错乱的语法、颠三倒四的句子，每天跟他对话使我的英语水平也越来越差，用东北俗语讲叫"跟臭棋篓子下棋，越下越臭"。能够用流利的英语探讨问题甚至能从对方的表达中学到一些新东西成为我的向往，也是我的奢望，因此我对他的抱怨越来越多。可有一天这个问题突然迎刃而解，并不是因为他的英语突飞猛进了，而是因为我的交流对象多了起来。在生产之后的两年多时间里，我大部分的时间就只跟他一个人交流，对他的沟通需求自然最多。后来，我投入新工作，遇到了很多英语水平极高的合作方、同事与朋友，在与他们的交流过程中，我的表达与学习欲望不断地被满足甚至被促进，我开始享受畅快淋漓的沟通快感。试想，如果我总是一门心思地抱怨我先生的烂英语，逼迫他在繁忙的工作之余再去学习英语，那我们的关系只会更加僵化；而当我把自己放入一个更加广阔的天地时，却意外获得了在婚姻中缺失的满足感。婚姻在让我们完整的同时也把我们与真实的世界隔离开来，这也是我一直坚持女人不要因为爱情与婚姻放弃自己的工作和事业的原因，你可以因为生育孩子短暂地停下或者放缓步伐，但千万不要让自己变成只有家庭、只围绕家庭运转的机器，永远要为自己留出一扇看世界的门或窗。

对人生完整的执念有时会成为阻碍我们发起挑战和尽情体验、享受人生的桎梏。有封闭边界的事物才能谈完整，比如正方形、长方形、圆形……可我们的人生不是这样规规矩矩的形状，它是本不该有封闭的边界的，它应该无限地开放，无限可能地朝各个方向展开。人生是用来体验的，而不是用来完整的，倘若没有见过壮阔连绵的山川、奔腾不息的河流，没有尝过为了一个目标全力以赴大获全胜的快感，要那所谓的完整又有何用？完整也意味着闭合，而人生真正的魅力在于开放和无限。**也许完整就不应该成为我们的人生目标，如果人生是一部小说，我只接受开放性结局。**

围绕自己建立婚恋秩序

传统的婚恋秩序围绕男人而建立，女人不过是配合满足他们需求的客体。男人需要有人操持家务，那女人从小就要被培养做家务的能力；男人需要被照顾，那女人就要上得厅堂下得厨房，烧一手好菜，想留住他的心先要留住他的胃；男人需要被包容忍让，那女人就要懂得睁一只眼闭一只眼，忍气吞声，美其名曰家和万事兴……总之，他们需要什么，她们就要生产什么。是时候改变了！女人要学会在婚恋中从客体转向主体，按照自己的需求建立婚恋秩序。

赢得我。我所认识的西方女孩普遍都具有极强的配得感，她们在恋爱时有特别明确的主控意识，知道自己想要什么，珍惜自己的价值。V小姐跟男朋友在一起两年后觉得有些问题，于是提出分手，可男友不愿意，表示会改掉自己的问题。她说："即使你会改，我也不能继续跟你在一起。但我可以给你一个机会，你有一年的时间赢回我，但在这一年中我不是你的女朋友，之后看你的表现再决定。"女孩们一定记住：你是一处宝藏，任何想要拥有你的人都不能不劳而获，只有对方足够真诚、足够努力、足够优秀才配得到你。

但这并不意味着必须等待男方来追求，主动出击也是主体性的体现，被动等待才是客体思维主导下的结果。很多女孩认为主动会使自己掉价，但想一想：男人主动追求女人会让他们显得掉价吗？之所以给女孩灌输这样的观念，不就是为了限制我们的主动性吗？如果主动追求是不好的行为，那么男人肯定应该天天坐在家里等待女人来敲门吧！不要错误地将主动理解为投怀送抱，或者主动去满足男人的想象和需求。主动，是我从自己的喜好和需求出发，创造机会，给对方一个机会。至于机会是否能继续发展，那要看对方能否赢得我。要把自己放在任何关系中的主导者位置，想认识就认识，想联系就联系，想见面就见面，想分开就分开。做猎人，而不是猎物。

配合我。Etsy 网首席财务官克里斯蒂娜·萨伦在开始约会时很想知道男友有多支持她的事业，于是就设计了一个小测试。某天，她在最后一刻取消约会，说工作上有点事情，然后看男友作何反应。如果他表示理解，说改天再约，那么她就会和他继续交往。当克里斯蒂娜想让关系更进一步时，她会再做一个小测试，比如在她出差时请男友周末去探班，以试探他是否愿意配合她的日程安排。测试都成功了，恋爱才继续发展。现在她的丈夫不仅完全支持她的事业发展，而且两个孩子也主要由他来照顾。

也许有人觉得只有事业成功的女性才有资格要求男人配合自己，为自己服务。当然不是。在当今社会，绝大多数的女人都拥有工作，无论薪资水平如何，至少能够养活自己，不必依附男人。而且相互配合本来就是尊重和平等的体现。如果一个男人总因为工作忙而迟到或者取消约会，却因为女方偶尔工作忙迟到或者取消约会发脾气的话，那只能说明他从一开始就没有把女方放在与自己平等的位置上。部分女人自动放低自己的位置，过于迁就男人，才导致他们认为一切理所当然。许多男人对待伴侣的态度表明他们根本就不是一个值得拥有伴侣的人，可却还有那么多女人傻傻地留在他们身边，这更让他们自负得找不着北了。要知道，在现代婚姻中，越来越多的男人需要妻子贡献经济收入，共同购房、购车、还贷款和养孩子，既然如此，那就不能允许经济上合作，但事业发展上优先男方的不平等秩序延续下去。

满足我。想让男人满足你，首先不要总是被动等待他自觉的、自发的关爱和行动。当然，自觉的爱让人欢喜，但两个人想要长久地在一起相处，不能只靠对方的自觉。并且据我观察，男人的自觉很稀缺，社会还特意发明出一个词——"直男"去形容不解风情的男人，不好意思直接说他们情商低。因此，女人一定要学会主动向男人提要求，按照自己的意愿、习惯、偏好去主导关系。

这里的要求并不是指情人节发个红包或者送个礼物——即使是"直男"也应该具备这个情商，除非他根本不在乎你或者不是"直男"——而是对方应该如何在生活、事业和情感各方面向你提供价值。有一个普遍的问题是，即使是所谓的独立女性，也会在潜意识中不自觉地习惯于配合男人，以致不敢也不愿意向男人提要求。首先是怕总提要求显得强势不被男人喜欢，为了取悦男人不惜自己受累、委屈、难受；其次这是面对失望的一种自我保护，因为深知即使提出要求，自己的伴侣也无法做到，那就索性不提，免得失望；最后是怕违背社会期许，女人要温良恭俭让的规训就像紧箍咒，在一个默认女人应当配合男人的社会环境中，提出要求的女人仿佛异类，亲朋好友甚至其他女人会给你贴上"事多""不好相处"的标签。

　　以前我也有这些心理障碍，习惯大包大揽。但后来我想，如果我的伴侣因为我提出合理的要求而不再喜爱我，那只能说明他并非真正爱我，一段连我的需求都不能满足的关系怎么能称之为爱呢？如果因为觉得这些要求男人做不到而放弃提出要求，那只能说明我将自我利益拱手让人。如果因为害怕成为他人眼中的异类就委屈自己，那就是将别人放在了自我之前，让他们掌控我的生活。想明白这些，我便不再畏惧，大胆地提出要求。

　　提要求时也要注意方式和方法。首先，不要采用命令口吻，保持礼貌，例如我们会在让对方做什么事情时加上"请"，"请把衣服晾一下""请把垃圾拿出去"，等等。其次，不要带着情绪提要求，尤其不要一边发脾气一边提，否则对方会因为你发脾气而行动，而非认真对待你的要求本身，以后不发脾气，要求就无效。最后，做好反复要求的准备，男人好像总是不能一次性将你的要求落实到位，这里差一点，那里差一点，此时千万不要因为失望而自己上手，每次他做得不到位的地方你都要指出来，下次再做时还要检查，直到做到令你满意为止。

结婚之初我向先生提出的第一个要求就是做早饭，因为我特别讨厌早起，起床气特别重，当初恋爱也是看中了他的勤快，于是就提出他做早饭，我做晚饭。这种模式一直持续到现在。有了孩子以后，男人会天然地以为女人要多照顾孩子，但我要求他晚上睡在靠近婴儿床的一边，方便起夜照顾孩子，好处就是不仅我得到了更多的休息，而且他不太想要二胎，因为知道自己要牺牲睡眠。孩子上日托班之后，我要求他早晚接送孩子，还特意选了一个离他工作单位更近的托儿所，而我则多承担一些购物、清洁等家务……其他细碎的要求还有很多。到目前为止，他基本都能做到，至少这种态度令人满意。我所崇尚的婚姻必定不能以牺牲某一方的利益为代价，而应该由两个人共同建立起令彼此舒适的生活方式，共同为家庭贡献金钱、时间和才智。当然，婚姻中不可能时时事事绝对公平，今天我多付出一点，明天你多付出一点，在这件事上我顶上去，在另一件事上你多出力，只要双方的付出在总体上处在动态平衡的状态即可。

除了直接提出要求以外，还要及时说出自己的不快乐。我的快乐应该是衡量是否继续一段关系的唯一标准。以前我是个只报喜不报忧的人，所有的脆弱、委屈和不快乐都靠自己消化。但压力一旦超过限度，就会产生极强的破坏力，积压许久的疲累和不满会在某个时间点突然爆发，形成一场家庭战争。于是现在我选择及时把自己的情绪说给对方。最近我跟先生很严肃地谈过一次，就是表达我的不快乐。我之所以不快乐，是因为他不够独立，虽然行动上不用我操心，但思想上过于依赖我。很多明明可以自己解决的问题却还要问我，让我反复确认，不管我当时在忙什么，这让我感到不断地被打扰。作为男人，不要把妻子当作全部生活的解决方案，要把应用在事业中的智慧、时间、能力恰当地应用到个人和家庭生活中，积极解决问题，扮演好家庭角色。从那之后，他开始有意识地控制问我问题的数量，我甚至规定他每天只有五次向我提问的机会。以前即使连租辆车这样的小事他也能前前后后给我打三五个电话，问价格行不行、天数行不行、取车还车地点行不行、信用卡付款失败怎么办……现在他终于学会了一句话，"I got it（我来搞定）！"

当然，理想秩序的建立需要不断提出细致的要求和耐心地磨合，也有激烈的争吵甚至出现断裂的可能，但最终我发现这些过程是完全值得的。现在我们基本可以实现家庭运转双轨制，即任意一方都能独立掌握家庭运转与育儿全流程，不过度依赖其中一方，在一方出差或有紧急情况时，另一方能完全胜任家庭角色。

符合自我需求的秩序一旦建立，婚恋就会朝着有利于我们的方向发展；如果尝试多次也毫无进展，对方拒不配合的话，是否还要继续这段关系，请仔细掂酌。婚姻中还有许多问题我没有答案，但至少有一点是明确的：我的婚姻不是为了取悦别人，而是为了满足自己。这个目标永不改变。

少有人说的生育真相

有两件事在女性的生命中被过度浪漫化，一是爱情，二是生育。生育被简单地升华为母爱，使人忽略女性在生育过程中遭受的种种不适、痛苦和挣扎；再无限拔高母爱的伟大以掩盖女性在育儿过程中所遭受的辛劳、疲惫和孤独。生育是女性生命中最重要的转折点。人的一生中只有两件事不可逆，一个是死亡，另一个就是生育。生与死，一旦落定，再无回头路。因此，我想细说那些少有人说的生育真相，希望给想要生育或者正在摇摆不定的女性一些参考。

爱情是奉献，婚姻是合作，生育是争夺。一对结婚刚两年的夫妇朋友约我们全家出去吃饭。他们正在考虑要孩子，想听听我们的建议和经验，也观察和体验一下我们是如何带孩子的。我问："你们两个谁更能熬夜？谁更能早起？谁半夜被吵醒脾气很臭？谁力气更大？有老人能全日制帮忙带孩子吗？如果不能的话，谁能放下工作在家带孩子？一方收入减少一半的话另一方能完全支撑住家用吗？"他们像两个正在听课的小学生，显然对这些突如其来的问题毫无准备。生育听起来是一件大事，但执行起来却是许多非常具体而细碎的小事，这些小事才是真正磨人之处，会消磨两个人之间的爱意，消磨生活的舒适感和满意度，消磨自己的耐心和价值感。

当两个人相爱时，总是忍不住为对方奉献，奉献时间、注意力、陪伴、支持、金钱……正是因为感受到了对方的奉献精神，我们才对这段关系感到满足和确定，进而带着期待走入婚姻。婚姻又是一个新的开始，两个人需要进行深度合作，婚礼怎么办、要不要彩礼、买房买车的首付和贷款怎么出、房子怎么装修、日常消费每个人出多少钱、谁做饭谁洗碗、谁拖地谁倒垃圾、旅行谁负责计划和预定、过年回谁家、父母来不来一起住……这要比爱情复杂得多，但总体上还是以相对公平的分工方式使共同利益最大化。熬过了这些考验，真正的考验才开始。

很少有人讲，生育是一场争夺战。两个人开始争夺时间，睡觉的时间、休息的时间、娱乐的时间、自由的时间；更要争夺机会，工作的机会、升职加薪的机会、获取资源的机会、参与社会生活的机会、结识新朋友的机会；还要争夺经济控制权和自主权，赚钱的权利、花钱的权利、冲动消费的权利、"浪费"钱的权利。什么是"浪费"钱的权利？就是并不用于满足基本生活，在对方看来没必要但是能让我们开心的钱，比如男人买游戏装备、抽烟、喝酒，女人多买几件衣服、几个包包和几支颜色类似的口红。通常赚钱的一方可以顺理成章地拥有"浪费"钱的权利，因为只要你说这钱花得没必要，对方会马上反驳说："钱是我赚的！"不赚钱的那一方就会丧失"浪费"钱的权利，总被质疑为什么要花这个钱、那个钱，不仅没有经济自主权，连生活的乐趣都要被限制。

在这样的争夺中，女人很显然是弱势的一方：一方面，由于身体状况的限制，母亲会自然丧失很多东西，比如孕晚期不适、产后疼痛虚弱、激素水平变化、涨奶、喂奶、吸奶等，睡眠和休息自然会受到影响，难以承受正常强度的工作；另一方面，社会和家庭期许会自动剥夺母亲的时间、机会和权利，认为这是"应该的"，并毫无补偿。生育期是女人最容易被剥削的时段，往往也是被剥削的开始。生产后的女性需要大量的时间休息、恢复身体，但她又必须马不停蹄地投入哺乳和育儿中去，这种对母职的过度要求是对女性的虐待。如此繁重的全职工作被简单归结为五个字——在家带孩子。男人把"在家"理解为休息，但女人却在家劳作，家对于女人来讲并不是放松休闲的地方，反而是比工作场所更令人疲惫的地方。基于此，请认真参考以下几点建议，维护自己的核心利益，绝不妥协。

首先，你需要一份生育基金。可以是自己的积蓄，也可以是所谓的"彩礼"。在大众对彩礼的探讨中，经常有人说这是给女方父母的报恩钱或者小家庭的启动资金，鲜有人提到它应该是对女性的生育保障，保障的既是生育期妇女的生活，也是尊严。在保障妇女儿童权益的法律还不完善、执行还不到位的情况下，彩礼应当作为女方的生育险，以提前储蓄的方式降低生育期可能面临的风险。女性在生育期可能要面临的风险包括但不限于以下几点，例如，任何人以经济为由干扰女性的生育选择，包括顺产还是剖腹产、生产时是否打无痛、产后是否住月子中心或请月嫂、母乳还是奶粉喂养等等；任意一方突然陷入经济困难无法维持基本生活；男方不积极主动提供家用，以经济手段限制、控制甚至羞辱因生育而暂时失去经济能力的妇女；男方因出轨背叛家庭而不愿继续支付家用……经常在网上看到正在哺乳期的妇女抱怨老公不给生活费，甚至要求平摊各项费用，手心向上的日子既拮据又没有尊严，事到眼前才发现完全指望对方的良心而未提前筹谋是多么的被动。

因此，作为女性生育险的"彩礼"不应该支付给女方的父母，也不该拿出来作为小家庭的启动资金，而应该由女方个人掌管并在生育期自由支配。具体金额也不应该由双方父母商议或者根据当地民俗标准决定，而应该根据女方的工资水平、婚后定居地的生活水平以及生育费用，综合计算出2-3年的经济成本作为金额依据。这是关系到女性核心利益的大事，千万不要躲到父母身后让长辈去商谈，自己像等待被交易的商品一样任人决定。自己要主动去谈、大大方方去谈，向对方讲明自己的价值，把决定权掌握在自己手中，主动管控自己的未来。

另外，我认为如果双方决定不要孩子，那么彩礼甚至婚姻都可以省略。

其次，你需要一支"军队"。 育儿不是母亲的单线任务，而是整个家庭的协作任务。在这支军队中，爸爸必不可少。我发现这样一个倾向，很多人，甚至女人都认为只要男人赚钱足够多，那么他可以少参与甚至不参与育儿，他应该承担的部分可以出钱雇人解决。这种认知明显是错误的。父亲在亲子关系中的作用绝不仅仅是出力那么简单,父亲的参与关系到孩子对亲密关系的感受、自信心和安全感的塑造以及对男性形象与功能的认知。如果父亲极少参与育儿,那么孩子也会形成男人不用参与育儿的错误印象,影响孩子未来的人际交往和生活。男人绝不能以工作为借口逃避家庭责任。父亲这个角色是他在孩子身上投入的每一分每一秒塑造出来的,而不是冠了父姓就自然获得的。

在西方国家,父亲的育儿参与度非常高,在我们的朋友中,年薪百万和资产亿万的爸爸也照样带娃。他们的理念是,育儿不是任务,而是机会和权利。因为西方没有孝道传统,子女对父母没有报恩或赡养义务,如果父母想跟孩子形成非常亲密的关系,那就必须多陪孩子、多在他们身上花时间,感情是相处出来的。曾看过一位男性亿万富豪的采访,他说:"你知道什么是成功吗?那就是当你老了,孩子们愿意回家跟你吃饭。"这样看来西方父母甚至有些"卑微",不像东亚父母那么强势,对孩子有各种要求和道德束缚。

有人说,有了孩子之后,婚姻才真正开始;也有人说,有了孩子之后,婚姻最容易走向破裂。是不是因为男人变了?其实男人只是变回了他自己,而且与变相比,不变才是更大的问题。男人若天真地以为有了孩子之后自己的睡眠时间不用变、休闲时间不用变、兴趣爱好不用变、生活方式不用变,还可以做原来的自己,那就大错特错了。成为父母,要求两个人必须自我进化。女人从怀孕开始就在不断调整自己的生活习惯以适应成为母亲这个角色，男人当然也要进化。我曾对先生说："有了孩子之后，我对伴侣的要求改变了。成为父亲的男人必须变得更独立、更有牺牲精神、更成熟和更富有责任感，主动解决问题，而不要给伴侣带来更多的问题，这才是我需要的强大伙伴。"

在孩子还吃夜奶、不能睡整觉的阶段，最理想的育儿团队需要至少三个人。带孩子需要两个人，白天一个，晚上一个。带过孩子的人都知道，一个人二十四小时带孩子，身体会疲累无比。由于整日无法与其他成年人进行交流，理性与生活秩序被随意干扰和破坏，精神上也承受着巨大的压力，我认为这是一种虐待，许多妈妈产后抑郁也源于此。如果请育儿嫂，最好也要请两位。将心比心，我们为了自己的孩子都做不到的事，也不要以为只要付了钱别人就得做到。让每个人得到充分的休息，不超负荷工作，才能真正保障孩子的安全，时刻关注孩子的需求。一个人负责照看孩子，另一个人就负责做饭、打扫等基本生活维护。有的人可能要问："那妈妈干什么啊？"妈妈应该充分休息，选择母乳喂养的妈妈只负责喂奶，休息好了多与孩子沟通、做游戏。当然这只是最理想的状态，现实通常是本该三个人合力完成的工作被一股脑儿地硬塞给妈妈。我再重申一遍，这就是虐待，即使再歌颂母爱的伟大也无法掩盖。

除了孩子的父母，所有有能力的家庭成员最好都来帮一帮。现在流行一句话，叫"老人没有给子女带孩子的义务"，但家人之间应该有互帮互助的情谊。老人希望在自己年老困难时子女能尽孝养老，那么当孩子遇到困难时老人也应该伸出援手。至少在还未找到合适的育儿嫂或日托的时候，孩子生病或者小夫妻生病无力照看的时候，不让他们孤立无援。有的家庭老老小小都要依靠夫妻俩获得经济收入以改善生活水平，那么老人理应多出力去支持家庭的向上发展。以前听说国外老人不给子女带孩子，可我身边有孩子的家庭中，祖父母都在提供各种形式的帮助。闺密的意大利公婆在她坐月子期间承包了所有的家务，邻居N家的双方父母各自轮流过来帮忙一周，邻居A家的小女孩每到暑期就去伦敦的祖父母家住两个月，我先生同事的岳母在他们上班期间全职帮忙看顾小孩……共同托举，家庭就会越来越繁荣；都不出力，整个家族就会日渐凋零。

最后，你需要适当抽离母职。如果当妈妈是一份职业，那我们一定该有法定假日；即使它还不被社会认可为职业，我们也要给自己放假。我生产后的第一个母亲节，先生问我想要什么礼物，我说："一天不做妈妈。"只有孩子不在身边，我们才能真正享受轻松和平静。偶尔我还会等先生下班回家后，一个人出去听音乐会、看话剧、看电影；或者在夏日的夜晚让丈夫带着孩子出去骑行，我一个人在家泡澡、追剧……母职没有尽头，所以我们才需要偶尔按下暂停键，给自己缓冲的区间。这些缓冲和休息不是为了更好地做妈妈，而是身为一个人，我们本就应该享有的权利。

爱孩子是本能，爱自己也是

当一个女人选择成为母亲，她就必然要面对母职与自己的种种冲突。要求母亲将孩子的一切需求置于自己之前，是不合理且反人性的谬论，爱孩子是本能，爱自己也是。

从个人体验来讲，我的母爱并不是从孩子出生的那一刻诞生的，而是在经历了几个时期的复杂情绪和体验之后逐渐形成的。

理性母爱时期。在真正生产之前，母爱更像是一种幻想。这种幻想主要来自女性受到的性别教育以及社会期许，好像女性天然就应该具备母爱，女人会用这样的社会期许自我暗示并加以内在化。这一时期的母爱新鲜、标准、完美，不带有一丝瑕疵，没有孕妇会怀疑自己对孩子的爱。但这其实可能是我们的大脑不断在跟自己强调：我充满母爱，我应该也必须爱这个孩子，母爱是世界上最伟大的爱。在我怀孕的时候，尽管在最初的三个月没有经历剧烈的妊娠反应，但在孕中期查出妊娠期糖尿病，不得不严格地控制饮食，整日都处在饥饿和对抗饥饿的状态中。每日监测血糖，餐前餐后都要扎手指取血，轻微的疼痛倒是无所谓，只是生活被严格的程序切割，大脑要时刻被一件事吊着，不能遗忘、不能懒惰，仿佛头悬梁般难受。最爱的饺子每顿只能吃四个，有一次没忍住吃了七个，导致血糖飙升。孕晚期又因宫颈短而不得不卧床保胎，一躺就是整整两个月。可尽管经历了这一切，我丝毫都没有怀疑过自己的母爱，因为母爱是最强大的，所有人都这样说。

医生担心足月时胎儿过大无法顺产，于是建议我提前两周住院催产。生产那天早上六点，空腹，美滋滋地走进粉色的产房。产房跟我在电视里看到的一点也不一样，没有蓝色的一次性医用床罩，上方也没有手术室里那种照明大灯，就像一间普普通通的病房。我就在这个粉色的房间里经历了宫缩、开指、人工破水、打无痛、生产、侧切、缝合等一系列过程，直到我腹中的孩子被医生高高举起。她睁着小眼睛，打量着天花板，两只小手环抱在胸前，没有哭。不对啊！为什么没有哭？我心里有点慌张，因为知识储备和生活经验都告诉我孩子出生后要有洪亮的哭声才好。我出生时就因为第一时间没哭，被护士狠狠地在屁股上打了一巴掌。于是我赶紧问医生："她怎么没哭呢？"医生倒是给了我一个出其不意的答案："别着急，以后每天晚上都会哭的。"当时我还觉得医生很幽默，没想到他只是提前透露了一点我的未来。

当脏兮兮还带点血渍的她被放进我怀里时，我只是觉得她那样小、那样软，还有一种奇怪的感觉：陌生。这就是我怀的那个孩子吗？就是她在我的肚子里待了九个多月吗？怎么跟彩超的照片不太像啊？一连串奇怪的想法从我的脑子里蹦出来。

第一晚她由护士照料，我的房间偶尔会听到走廊里很远的地方回荡着婴儿的哭声，我就在想是不是我的宝宝在哭，护士有没有及时安抚她，等等。在医院的几天，我一直保持着理性的母爱，欣赏我的孩子，抱着她，给她拍照记录她人生最初的样子，努力给她喂奶，虽然最初的两天她啥也没吃着……理性的母爱虽然充沛但并不是特别强烈，没有那种锥心的感觉。真正锥心的，马上到来。

接下来迎来第二个时期——对抗期。在这个时期，妈妈要跟全世界对抗。

首先，是自己的身体。由于侧切的伤口和怀孕时便秘的问题叠加，排泄仿佛上刑。有一次我在马桶上坐了一个多小时，全身大汗淋漓，整个人都要虚脱。

其次，是母乳喂养。这个世界有太多的女人被这件事折磨，选择母乳的被折磨。不选择的也被折磨。如果不选，既要面对来自家人、爱人、旁人的不理解和指责，也要面对自我内心的不确定：没有母乳喂养的孩子真的免疫力不好吗？会怀疑自己是不是个好妈妈，是不是太自私，是不是不够爱孩子……选择了的也逃不开接连不断的折磨，先是下奶慢，为了尽快提高出奶量，我每隔两小时吸一次奶，就连夜里睡觉也不懈怠，定好闹钟按时起来吸。然后还要跟不科学的传统观念抗争，妈妈催我喝各种肉汤，饭菜还不能加盐，说是我吃盐孩子吃奶会上火，而且她固执地只让我吃有助于下奶的东西。有一天，我突然想吃燕麦牛奶，我妈马上问："吃那个干啥？下奶吗？"仿佛一个东西只要对产奶没有帮助我就不配吃，我个人的口味、喜好、欲望全部被忽视。那是我第一次感觉到母职与本能的对抗。我作为人的七情六欲被剥离，我的身体被当作一种供养资源仅限孩子使用，我不再拥有主控身体的权力。虽然很勤奋地吸奶，但两周过去，奶量还是比较少，孩子吃完一会儿就饿了，这时我就会听到一种刺耳的声音："孩子吃你的奶吃不饱。"这是对任何一位选择母乳喂养的母亲的羞辱，况且我已经为此付出了巨大的努力，心碎和烦躁随之而来。就在我以为奶量稳定之后就万事大吉的时候，堵奶和乳腺炎又来了。那种锥心的剧痛让我呼吸困难，可是依然要坚持喂奶，眼泪大颗大颗地滴落，我尽量扭过头去，不让眼泪滴到孩子的脸上。由于乳腺炎，我发烧将近三十九度，先生上班，我一个人在家带孩子、喂奶，那时我感觉自己已经不是一个人了。

带孩子的过程让我真切地体会到什么叫身心俱疲。为了履行母职，我要跟自己的诸多本能对抗，睡眠、健康、舒适、食欲、被爱……于是我开始对母亲这个角色产生排斥。传统对女性的教育不断地将母爱进行浪漫化的描述，将母职奉为女性的最高职责，而忽视女性作为人的基本需求，逼迫女性将其他本能让位给孩子。哪里有压迫，哪里就有反抗。被压迫得越狠，反抗就越强烈。有几次我对家人大吼："把她抱走，不要放到我的眼前，谁爱喂谁喂！"甚至把女儿看作导致我丧失自我的罪魁祸首。

曾经跟一位男性朋友聊起这个话题，我说我花了一段时间才真正进入母亲这个角色，而他说在孩子出生之后他立即就进入了父亲的角色，感到非常幸福。男人竟然会比女人更快地进入父母的角色？听起来匪夷所思，但也不一定没道理。我说可能是因为你并没有因为获得这个孩子经历过任何生理上的不适，例如女人的孕吐、便秘、生产痛、堵奶、气血不足、身材难以恢复等；你的生活方式也没有因为这个生命的到来有太大的改变，不用忌口十个月，不用起夜喂奶，不用为了给孩子母乳喂养上班还得带着吸奶器，不用放弃自己的工作带孩子，因为你的妻子和家人已经代劳……男人获得一个孩子简直就像中了彩票一样，一夜暴富，感觉到的当然全是幸福。可是女人呢，在获得这份幸福之前付出了巨大的努力，经受了漫长的磨难，我们难道不应该有抱怨、后悔、抗拒、委屈吗？只是因为我们成了母亲就不应该有人类其他的本能反应吗？他点点头，好像听懂了，又好像没听懂。

那母爱究竟是在什么时候爆发的呢？因人而异，对我来讲，是在断奶之后，孩子上了日托之后，在她对我的生活产生的负面影响逐渐减少的时候，当我逐渐恢复了往日的正常生活之后，当我慢慢回归自己的时候。人只有先爱自己，才能够产生能量爱别人。

现在的我终于能够体会那种浓烈的母爱，盯着她看好久好久，觉得她的每一根发丝都珍贵，连胎发都舍不得剪，因为我知道发梢那部分是在我的身体里长成的，那是我们母女俩生命的联结。即使她夜晚哭闹吵醒我，我也更在乎她是不是哪里不舒服，而不是我睡不好这件事。在这短短的两三年里，我能体会到她是多么多么爱我、需要我、依赖我，我也越来越依赖她、喜爱她，我的母爱每一天都在生长。

可母爱的爆发也会带来新问题，重新投入工作之后，我无法再像以前那样时时刻刻陪伴在孩子身边，尤其偶尔要出差，几天无法陪她入睡，这时负罪感就会钻到我的脑袋里。心理学家詹妮弗·斯图尔特研究了一群耶鲁大学女毕业生工作后的生活状况。发现这样的女性"既要搞事业又要做母亲，尤其容易导致焦虑和压力。由于她们对工作和家庭都有完美主义倾向，所以面临的风险非常高。而且一旦达不到理想状态，她们很可能会彻底地往后退——从职场完全回到家庭，或是截然相反"。作为妈妈，我们需要学会控制负罪感，不要因为控制不了所有的变量而焦虑，不要因为发展自我而觉得亏欠孩子，不用凡事都要求自己尽善尽美。事实上，妈妈出去工作也会对孩子有益。英国对一万一千名儿童进行的研究显示，表现出最大幸福感的那些孩子，其父母都是在外面工作的。在母亲受教育程度和家庭收入相差不大的情况下，双薪家庭的孩子（尤其是女孩）在行为上出现问题（比如多动、不开心、焦虑等）的情况最少。2023年诺贝尔医学奖获得者之一卡塔琳·考里科博士在回答记者提问时说："我试图告诉其他女科学家，你不必在家庭和事业之间做出选择，你不必过度帮助你的孩子，你的孩子会以你为榜样。"她的女儿苏珊曾获得过两次奥运会冠军。身教胜于言传，孩子会看着妈妈走向世界，然后学会走向她的世界。

家人和社会，也包括我们自己，应该允许和理解：母爱的养成需要一点时间，经历一些过程。母亲除了是一个角色，更是一个完整的人，她无法在自己的本能被剥夺的情况下产生爱；母爱不仅是一种情感，更是一种生命状态，它只会在母体健康、舒适、满足的条件下才能被无限激发。

04
原生家庭

沙尘暴结束后,
你不会记得自己是怎样活下来的,
你甚至不确定沙尘暴真的结束了。
但有一件事是确定的,
当你穿过了沙尘暴,
你早已不再是原来那个人。

——村上春树《海边的卡夫卡》

生而为女

我生长在一个典型的父权制家庭中，我的成长伴随着重男轻女、大男子主义、家暴、剥削女性；男人是家庭的绝对权威，女人低人一等。

听妈妈讲，她生我的那一晚，跟我爸、大伯、大娘（大伯的妻子，在东北叫大娘）三个人冒着漫天大雪走了快一个小时才走到医院，等到"发动"已经是凌晨，我爸早已在产房外睡着了。

守在产房外的姑姑一收到护士的消息就连忙去告诉我爸："生了！"

他马上弹起身问："男孩女孩？"

"女孩！"姑姑说。

他竟然马上倒下身子准备继续睡，丝毫没有迎接新生命的喜悦，仿佛得到了一个不想要的礼物，不情不愿。

姑姑也是个暴脾气，一巴掌给他拍起来，"女孩咋啦？赶紧给我起来！"

我的到来让家庭充满遗憾。在我出生之前，爷爷已经回到山东老家养老，我们的"见面"都是通过邮寄照片的方式完成的。因此，我小时候的照片都是光头，永远是光头，穿着牛仔背带裤或者短裤，没有小辫子，没有花裙子，没有红头绳……这是因为父母一直在跟爷爷说着一个"善意的谎言"——您有孙子啦！我就是那个"孙子"，女扮男装版的"木兰"。爷爷曾经直言不讳地说："生儿子，我的钱全给你们；生闺女，一分钱没有。"为了爷爷的那点补贴，我也只好一直装孙子。直到他过世，我们也没有真正见过面。

不知道是骗爷爷骗习惯了，还是爸爸打心底里就不想要一个女儿，多年来他一直叫我"儿子"。小时候的我不在意，甚至觉得很酷。他一直用养男孩子的方式养我，让我上山下河，还有打架，告诉我谁惹我都不要忍着，上去揍他们，打出毛病有老爸担着。我还真就那么干了。小学时有个男生总是揪我辫子，警告他好多次也无用，直到有一天我在操场上追了他半圈，把他按倒在地，骑着他打了几拳，从此他在教学楼里遇到我都赶紧贴着另一侧的墙根走。爸爸的教育方式虽然有些极端，但给我织了一张安全网，让我知道受了欺负不必沉默和忍耐，反应、反驳、反抗是正当的。原来男孩子勇敢潇洒的背后是有这张安全网兜着的。现在回看，被当成男孩养对我性格的塑造功不可没。可到了青春期，开始有了性别意识的我一度非常抗拒这个称呼，闹情绪说："以后不要再叫我儿子，叫女儿，否则我就不答应。"可他改了几天，然后又叫回去了。

直到考上北大，我终于获得了给爷爷上坟的资格。我还记得我爸一边拔坟上的草一边念叨着："孙女来看您了，她考上北大了，没给咱家丢脸。"我当时甚至觉得很自豪：你看我厉害吧，考上北大，光宗耀祖！就连一直对我不冷不热的姥爷也专程骑自行车去学校外面看红榜。之后我每次去他家里，他竟然对我笑，还拿出各种好吃的。现在回头看才意识到问题所在，原来就连曾经的自己也觉得，生而为女，我很抱歉，直到考上北大才冲刷掉我作为女性的耻辱。这样的思想是怎样无声无息、潜移默化地植入我的脑海中的？一个女孩需要寒窗苦读十几年，考上中国最高学府才不算给家族丢脸，一个男孩只需要出生时身体健康就可以了。作为一个女孩，我并没有在原生家庭得到应有的珍视，直到我取得世俗的成功。

正是重男轻女的文化阴谋，将女人束缚在沉默和默许中。没有人能够提出非议，也没有人能够改变现状。女人唯一的出路，是讨好男人。

为了获得爸爸的喜爱，女儿总是要表现得乖巧、懂事、顺从，这是一种刻在基因里的讨好感。很多母亲还会利用女儿讨好自己的丈夫，他外出不归时，让女儿催促父亲回家；他发脾气时，让女儿冲在前面平息父亲的怒火；他不给钱，就让女儿去要钱；待女儿长大后，就急不可耐地催促她去获得世俗的成功，让丈夫享受荣耀和物质满足。懦弱的母亲擅长用女儿保护自己，在她们手里，女儿仿佛一张牌，只要有利于自己，就打出来。

从小到大，我一直充当着父亲的情绪灭火器，一切行为都要以稳定他的情绪、让他开心为目标，只有这样我才能保护妈妈、保护自己。而我的母亲，像一只惊弓之鸟，躲在我的身后。直到我成为母亲，才意识到这是亲子关系的严重错位和对孩子的情感虐待。父母作为成年人有责任和义务处理好自己的情绪和婚姻问题，不应该让孩子去背负调节父母情绪的重担。去年，当我与父亲再次产生矛盾时，母亲一如既往地希望我主动求和，那一刻我决定彻底与那个"讨好爸爸的女儿"告别，不再做任何人情绪的奴隶，是时候不再只考虑别人的感受，而开始保护自己了。在明确拒绝母亲"善意的提醒"之后，我感到前所未有的轻松。人们总是天然地认为女性更具有关怀、照顾、体谅他人的天性，于是便利用这样的天性对我们进行情感剥削。年轻的女孩一定要明白，你不需要对其他成年人的情绪负责，如果有人想利用你去讨好别人，一定要勇敢拒绝。

生而为女，人们还会不断地告诉你要适可而止。你的情绪要适可而止，追求要适可而止，欲望要适可而止，成功要适可而止……恨不得在生活的方方面面都给我们装上天花板，想转个圈都四处碰壁。

其实父母曾经对我也没抱什么希望，毕竟是个女孩子嘛，还能怎样。可命运给我准备了更好的剧本，还特意安排了许多贵人，我可真是个幸运的人。小升初时，校长和班主任专程去找我父母劝说他们送我去更好的初中读书，因为我家片区的初中教育质量全市垫底，他们怕能考全区第一名的我被埋没。高中时，校长极力推荐我去参加北大自主招生，甚至由学校负担考试费用。上大学后，我积极学习、经济独立、参加电视节目，可父母依然告诉我要适可而止："别去了，参加那个干啥啊？已经很好了，你能考上北大是我们从没想过的，我们对你没有其他要求了。"有的孩子讨厌父母总是觉得他们不够好，而我讨厌父母总是觉得我已经够好了。虽然他们是出于关心，怕我太累，我很感激，但有时我也会想：如果我是个男孩，他们会不会就不那么容易满足？会不会就一直鼓励我去做任何事情？

我所做的一切不是为了满足父母的要求，而是为了满足我自己的追求。如果父母给不了我们想要的生活，那他们也不应该阻碍我们通过自己的努力去得到想要的生活。他们以为北大是我的顶点，但在我看来只是起点。瞄准月亮，即使掉下来，也能打到几颗星星；如果只瞄准树梢，就会直接掉到地上。

我希望通过自己的经历告诉年轻的女孩们：你的人生没有天花板；别人可以对你没有期望，但你要对自己充满希望；别人可以看低你的梦想，但你要瞄准月亮；别人可以让你适可而止，但你不能降低对自己的要求；别人可以一眼望尽你的人生，但你的人生永无上限。永远不要让别人的眼界、眼光、要求限制你自己！Aim high and dream big（志存高远，梦想远大）！

穿越暴风雨，你已不是你

这是一场从我的童年一直延续到成年的暴风雨，时而狂风大作，时而雷声阵阵，时而阴雨连绵。因为它，我的心里永远有一块地方潮湿着。

距离高考还有一百多天，一天中午，我像往常一样回家吃午饭。快走到家门口时就听到几位亲朋的声音，门敞开着，种种迹象表明，他又闹事了。多少年来，亲朋好友齐聚我家，通常不是为了聚会，而是为了救援我妈。我径直坐到饭桌前，头也不想抬，这时一盘菜放到我面前，我顺着妈妈的手和胳膊往上看到她的侧脸，仿佛也没什么；待她转身的瞬间，青紫的眼眶、肿得几乎睁不开的一只眼、塞在鼻孔里还渗着血的纸全部拍在我的脸上。我从来没有见过一个人的脸被打成这样，第一次见，却是我妈妈的脸。

她抬起下巴，想努力睁开肿成一条缝的眼睛，说："他失手了，不是故意的。"

下午我还照常回到学校，但我的笔记上、书本上、课桌上都是那张恐怖又可怜却假装无事的脸。我把书一合冲出教室，班主任追出来正要开口训斥，我立刻说，"我妈被我爸打了，我得带她去医院！"老师点点头，一句话也没说。

那时候"家暴"这个词还不流行，所有人都把问题归结到酗酒上，我也认为酒才是罪魁祸首。直到后来读了一些心理学的书籍才明白，"真实的情况可能并非人被情绪所控制，反而是人在利用情绪去达到自己的目的"，"通过生气让他人为自己着想，通过悲伤让某人守在自己身边，或是不断地责骂别人，这些行为的目的都是控制他人，而非解决问题"。我终于理解了控制才是家暴的本质，它不仅控制着女人，也控制着作为旁观者的孩子，仿佛缺少了我这位观众，他的表演就无法尽兴。无论走到哪里，那块乌云都笼罩在我头顶，独独给我下雨。

在我考上大学以后，自以为可以暂时逃离家中的暴风雨之时，有一次爸妈说要来"看"我，可我已经敏锐地从他们的语气中辨别出，我妈又挨打了。当时的我不知道是怀着怎样一种心情前往北京火车站接他们，我其实根本就不想去接站，也不想让他们以这样的方式出现在我的生活中。其他同学的父母来看孩子的那几天仿佛是他们的节日：去校外下馆子吃好吃的，再也不用天天吃食堂；去故宫、长城转一转，逛一逛北京城……而我的父母：一个挨了打像只受惊的麻雀，一个打完人还满腔怒火。为了省钱，他们也不带我去下馆子，反而指望着跟着我能吃到便宜的食堂饭。他们把看女儿当作缓解矛盾的良机，却丝毫不顾这件事给我增加的精神压力……这样的情景一而再再而三地强行闯入我的正常生活，上学时如此，工作时如此，就连在央视录节目时，我也要被这样的事打扰，导致精神崩溃退出录制……可我依然心存希望，就像指望着奇迹出现，能够治愈绝症。

　　直到成为母亲，我渐渐意识到保护女儿将是我毕生的使命。身份的转变也令我幡然醒悟：自己作为女儿也应该得到父母的保护，可我并未得到。父亲任性妄为，母亲软弱无力，我不能再替母亲讨好她暴躁的丈夫，不能再做父亲的情绪灭火器，不能继续做他们有毒关系的受害者，在一个没有人保护我的原生家庭中，我必须为自己挺身而出，让自己不再受暴力的侵扰和伤害，我值得拥有平静的内心和安乐的生活。于是我选择与父亲断绝关系，不再主动联系。不谋而合的是，他也从未主动联系过我。整整一年，父亲没有一句问候，没有一次对我孩子的关心，我们也没有见过面。原来，只要我不再委曲求全，不再努力地经营和维系这段关系，我们就可以看起来毫无关系。他固执地站在原地，等着所有人前来朝拜，即使无人朝拜，也决不放弃自己的威严。

　　如今，那片乌云虽然在遥远的地方时隐时现地跟随着我，但已经无法让我淋雨。《你当像鸟飞往你的山》的作者塔拉·韦斯特弗曾在一次采访中说过这样一段话，我深以为然："You can love someone and still choose to say goodbye to them and you can miss a person every day and still be glad that they are no longer in your life."意思是，你可以爱一个人但仍然选择与他们告别，你可以每日思念一个人但仍然庆幸他们已远离你的生活……

　　更加值得庆幸的是，当我处在风暴中心时，我没有试图通过伤害自己去惩罚对方，因为在任何情况下伤害自己惩罚的都不是别人，而是自己；我没有让崩溃战胜理智，因为崩溃非但不能解决问题，反而影响理智的发挥；我没有自暴自弃放弃前程，毕竟为任何人和任何事放弃自己的前程都是最蠢笨的选择。事后，老师曾对我说："别人考不上北大，有别的出路，你没有。"她知道，别人可以不进则退，有家庭托底，但我无路可退，因为退一步可能就永远掉入深渊。那时我告诉自己：现在唯一重要的就是每天多得一分，多一分就靠近北大一步，就远离深渊一步。无论眼下发生什么，看起来多难熬，都要抬起头、向前看，以远方为目标；即使风暴不会停止，也要全速前进，这样才能够冲出风暴。

作家汉娜·谢巴尔说："Some storms come into your life to clear the path and make room for something better."意思是，一些风暴降临到你的生活中，是为了扫清道路，为更好的事情腾出空间。阿德勒也认为："重要的不是你被赋予了什么，而是你如何使用被赋予的东西。"也许生活赋予我们苦难，但苦难如何对我们的人生发挥作用，取决于我们如何面对它、使用它。若一头扎进苦难里无法自拔、自我沉沦，结局必定是被苦难吞噬；而如果把苦难点燃当作前进的动力，人生将一往无前！

我并不感谢上天为我设置的那些苦难，但感谢勇敢战胜苦难的自己；我并不期待人生可以过得很顺利，但我希望碰到人生难关的时候，自己可以是它的对手。

三代女性的悲剧，至我终结

妈妈是拯救世界的超人，忙着照顾身边的所有人；作为女儿，我曾想拯救妈妈，可这是一项不可能完成的任务。

我们这代人的母亲大多是父权制的产物，也是其坚定的拥护者和践行者，她们整个人生都被编辑到为男人服务的叙事中，被无意识控制，身不由己，没有自我。她们从小就显示出卓越的劳动能力和不怕吃苦的勤劳品质，只有为家庭提供尽可能多的无偿劳动才具备活下去的资格。我的妈妈从不能接受用过的碗筷堆放在水槽里，哪怕临出门只有两三分钟的时间也要抓紧刷几个碗。原来我觉得她有强迫症，可后来才知道这种强迫症的背后是童年阴影。在她小时候，如果她没有及时把全家人的碗都刷干净，父亲就要发脾气，严重时还会斥责和打骂她。父亲的"鞭策"如影随形，时时刻刻在她的耳畔敦促，致使她丝毫不敢懈怠。原生家庭在享受女儿无偿劳动的同时，还将它作为一项婚配必备技能和价值，灌输到女性的头脑中，确保她们在结婚后能够继续为家庭贡献无偿劳动，使更多的男人受益。

她们还必须收敛自己的欲望，显示出无与伦比的牺牲和奉献精神。许多家庭的表面和谐靠的都是女人默认地、无私地牺牲个人利益。在得知一位阿姨的父母过世之后,我很好奇地问:"遗产怎么办?"她说:"当然是给我弟弟。"父母的金钱及遗产应该给弟弟或者哥哥,反正只能是家里的男人,这也是我母亲坚定不移的想法。她们从小被灌输"只有男人才具有继承权"的思想,即使法律、新闻都给出不同的答案,她们也只是把它当作新鲜事物一样看待,丝毫不觉得自己也拥有继承权。阿姨云淡风轻地说:"我根本就不想要也不需要,自己打工赚钱都够花,如果我去争,反而会影响兄弟姐妹之间的感情,破坏家庭和谐,那何必呢?"宁可自己在外打工也不愿主张法律赋予她的财产权,还要主动说自己不想要,为什么?因为父权制给女性编织了一张道德天网,将不主动阉割自我利益的女人定义为贪婪的坏女人,说她们不守妇道、遭人唾弃,以此确保男人可以顺利拥有家庭财产。女人为了躲避道德谴责,不得不"高风亮节""与世无争"。

她们还被驯化出极强的忍受力和极低的自尊。在我上小学的时候,有一次妈妈把我送到姥姥家,那是我第一次目睹姥爷家暴姥姥。姥姥坐在床上,手里摆弄着什么,姥爷在屋里屋外来回走,他们一直在拌嘴。突然,姥爷一个箭步冲到床边,弯下腰提起姥姥的两个脚腕子,一下子把她从床上摔到地上。姥姥磕到了腰,趴在地上嚎叫,姥爷摔门而去。在我模糊的记忆中有这样一个场景非常清晰:姥姥从老屋的柜子深处拿出几件衣服,是黑色的,一边哭一边穿。她的脸上既挂着泪,又流露出一种解脱的神情。当时我并不明白那意味着什么,现在明白了，她在给自己穿寿衣。自我了断的念头不知道在她心里闪现过多少次，可最终还是忍下了，这一忍就是六十多年。姥爷过世后，姥姥说："我终于能过几天舒心日子了。"这是我听过的最悲情的一句话。在她们所接受的教育里，家暴是因为男人脾气不好或者酒精作用，不是人品或人格问题，更不是犯罪；在她们生活的环境里，"谁家老爷们不打媳妇儿"，家暴司空见惯。没有人教她们爱自己、保护自己、尊重自己。女儿效仿妈妈，以忍耐为美德，也会被困在这样的婚姻里。

从原生家庭延伸到婚姻家庭，连续几十年的驯化导致那些女人思想懒惰、行动无力，主观能动性基本丧失。如果你跟她说"要反抗"，她会埋怨你"放着好好的日子不过"；如果你告诉她"你值得更好的生活"，她会反驳你说"对现在的日子已经很满足"；如果你鼓励她"做自己"，她会讽刺你说"我不能像你那么自私"……

经过父权制洗礼和浸泡的女性不可能单靠他人拯救，除非自己有着强烈的自救意识——比如那位五十岁坚定出走去自驾游的苏敏阿姨——否则她们会对命运既顺从又享受。曾经我会感到气愤，会批评、指责、争吵，哀其不幸，怒其不争。可后来我终于想明白，有些人并不想改变，也无法改变，不想醒的人就任由她装睡吧。我不再浪费力气去拯救别人，我只拯救自己，切断代际创伤，让家族中三代女性的悲剧，至我终结。

"模范子女"陷阱

大部分女孩的心中都有一个"模范子女"陷阱：无论父母如何待我，我都应该孝顺父母。家庭与社会期许给我们树立起极高的道德标准，我们也不断将这些标准内化从而进行自我约束。小时候，要求自己顺从父母，不惹他们生气，并且分担一定的家务；上学后，要求自己努力上进，达到父母的期望，不给他们丢脸；长大了，要求自己做个好女儿孝敬父母，回报他们的养育之恩。最可怜的是那些在原生家庭遭受过创伤的女孩，自己受到的伤害与社会的道德期待强烈对撞，犹如一场拔河比赛将自己往两个相反的方向不断拉扯，她们一边受伤一边努力，一边抱怨一边迎合，一边逃离一边回望，迟迟无法下定决心，迟迟难以割舍家庭责任，就像得了一场慢性病，怎么也根治不了。

闺密罗小姐的父母在她很小的时候便离异，她本就对家庭的温馨感受不多，母亲还把离异的罪责施加在她的头上："都怪你没用，怎么都劝不住你爸。你要是能劝住他，我们就不会离婚！"她的童年不仅被父母离异的阴影笼罩，更被深深的自责缠绕，"都是我没用，都怪我，爸爸妈妈才离婚……"

在她上大学之前，爸爸带着"新阿姨"来看她，可当她和阿姨起冲突时，爸爸竟在大庭广众之下狠狠地扇了她两巴掌，从此便人间蒸发。整整两年，音讯全无，连她的学费、生活费也分文不出。

后来，她移居意大利，结婚生子，但依然会偶尔回国看看父母。

"你竟然还跟你爸见面？要是我肯定跟他断绝父女关系。"我义愤填膺地说。

"哎，一起吃个饭还是要的，毕竟是爸爸。"她说。

"毕竟是爸爸"，在孩子的潜意识里，无论父母对自己做过多么过分的事情，我们依然会念在亲缘关系不由自主地想要靠近他们、原谅他们，孝顺父母是刻在东亚小孩基因中的代码，有的人一生都被这个指令操控。

去年回国，罗小姐本想尽尽孝心，带妈妈去旅游，可妈妈根本提不起兴致，整天说这也不好玩、那也不好玩，一到景点就说："这有啥好看的？还不如回酒店看电视。"不知怎么的，今年她的妈妈突然说想去意大利看她。办理签证需要一份母女关系证明的公证书，她妈妈办完之后抱怨说："公证费怎么这么贵啊？后面还有什么钱要我出啊？"

我问："她来看你，难道一点儿费用都不想承担吗？"

罗小姐点点头，说："回国时带她旅游都是我出的钱，她来意大利肯定也指望我支付全部费用，她还总跟我说谁谁家的孩子给父母买了房。"

其实罗小姐在国外的收入并不高，家庭开销也主要靠她的先生，要负担妈妈来一趟的费用有点令她捉襟见肘。由于文化差异，她先生对要负担父母的旅行费用感到有点不可思议，因为他的父母从不会让子女支付任何费用。虽然他并不计较，但罗小姐担心妈妈这样做会降低她的家庭地位。

"她怎么都不为我想想？"罗小姐很沮丧。

我说："既然自己有难处，为什么不把话说开？告诉她，要么别来，想来就自己出钱，至少出一部分，也不是没有退休金。"

她说："如果不让她来，她肯定要念叨我一辈子，你都不知道，每次回国亲戚们一起吃饭时他们就问'什么时候带你妈妈出国看看啊'。"

与其说想来国外看女儿或者旅游，不如说她真正目的是想向身边的亲戚朋友炫耀。这样的母亲，在女儿怀孕生产时都不曾来探望，如今却不考虑女儿的经济能力和处境，为了自己的虚荣心一遍又一遍地压榨她，自私到极致。

在罗小姐怀二胎五个多月的时候，她的妈妈到底还是如愿以偿来到了意大利，可连一张银行卡都没有带。经济上一毛不拔也就算了，她还以自己不太会做饭、不知道女儿喜欢吃什么为由，让怀孕的女儿给她做饭。她每天在家族群晒异国风光，赚足了面子与亲戚的艳羡，这就是她此行唯一的目的，可嘴上还要说："我来不是为了玩儿，只是想看看你在这边过得好不好，看到你过得好，我就放心了。"

在罗小姐的身上，我看到了"模范子女"陷阱不断地发挥作用，她不愿意做"坏孩子"违逆父母，总怕伤感情，不愿意把话说开，自己默默承受委屈和困难；更不愿意成为亲戚口中的"不孝女"，受不了被人指指点点，不想引起冲突。她曾亲口对我说："直到我有了孩子，才发现自己的父母有多么地自私和狠心，他们根本不爱我。"这就是很多孩子的两难处境，知道父母不爱自己，但没办法做到不爱父母。谁都不想做"坏人"，但如果没有做"坏人"的勇气，就无法脱离父母的情感控制，无法保护自己；一直怕得罪人、唯唯诺诺、半推半就的下场就是让对方得寸进尺。我们应该拥有为了保护自己而不在乎与世界为敌的勇气和魄力，如果有人因为你保护自己而责备你，那只能说明这种人真的不爱你。不妨给自己一个做"坏孩子"的机会，像个真正的成年人一样捍卫自己的权益。

孩子其实是世界上最爱父母、最包容父母的人，他们愿意无条件地相信和原谅父母，所以才会导致自己一遍又一遍地受伤，直到遍体鳞伤依然选择以德报怨。跳出"模范子女"陷阱，并不代表不孝顺父母，更不代表与父母反目成仇，而是让我们给自己解除道德绑架，积极地主张自己的权利，在成年后与父母平等地相处，与"有毒"的父母保持距离，学会维护自己的利益。这不是一场比谁更心狠的残忍游戏，而是走向自由的荆棘之路。

付出，适可而止

女儿三岁了，从她出生到现在，我极少手洗她的衣物，几乎都是机洗。因此，我也从不会责备她把衣服弄脏，脏就脏了嘛，反正有洗衣机洗，又累不着我。我也从不给她买我认为"贵"的衣服，超越自己经济承受力的消费往往会引发小心翼翼的保护和被损毁后的懊恼。

有一次去海南，给女儿买了个某品牌的冰激凌甜筒。那个品牌的冰激凌本来就容易化，再加上高温，还没吃两口，冰激凌就顺着甜筒往下滴答滴答。不远处有另一个小女孩也在吃，她的小公主裙看起来精致漂亮，而她的妈妈在旁不住地说："你看你，把裙子都弄脏了，我还得给你洗。非要吃冰激凌，化成这样也没吃着几口，还把裙子弄脏了。"一直说，一直说，连我们听得都很烦躁。

我非常受不了这种因为大人辛苦就要破坏孩子的快乐时刻的家长，对孩子的付出都要用情绪索要报偿。所以我一直提醒自己，不要做过度付出型父母，也不要做自我感动型父母，对孩子的付出适可而止，能偷懒就偷懒，这样我就不会因为超额付出而向孩子索取超额回报。比如我从不会费尽心力地给孩子做复杂而精致的餐食,所以也不太在乎她吃多少,一不小心打翻了也不会反应过激,为了避免因"我的心血全白费了"而崩溃,最好的方法就是不要花那么多不必要的心血。

不仅父母对孩子应该这样,孩子对父母的付出也应该避免过度。

前文提到闺密牛小姐从工作之初就为家里还债的事,最近她突然跟我说家里要给刚刚大学毕业的弟弟安排个工作,托关系要花五十万,她妈妈先把自己手里仅有的十万块钱当作定金给了对方,剩下的四十万让她补齐。我当时就火大,马上说:"绝对不能给!"可她说:"如果不给,那十万块钱的定金也打水漂了,我正好手里有点钱,就打给他们了。"我赶紧按住了自己的人中,差点没气晕过去,说:"你怎么那么正好?怎么人家需要多少钱你就正好有多少钱啊?"经此一事,她也开始反思自己是不是为家庭付出太多了:"他们有房有车,但什么也不卖,需要钱就管我要。我拿命工作换的钱全都输送给家里了,自己什么也没捞着,三十好几还在北京租个小单间,给他们的钱都够买套房子的首付了。"她语气中透着无奈、疲惫和失落,"弟弟给妈妈转了三万块钱,妈妈就开始担心他手头紧不紧,可这么多年我给家里近百万,也没有人问问我手头紧不紧。"不得不说,女孩的善良、懂事、知恩图报往往会让我们吃亏。很多女孩在经济独立之初首先考虑的并不是自己,而是立即开始反哺原生家庭,把自己的生活需求先放到一边。我从大一寒假开始做兼职,毕业时将攒的第一笔钱全部打给父母,让他们在老家买新房。结果楼盘烂尾，超期三年还迟迟无法交房。我又让他们去看二手房，看中的那套要七十多万，虽然已经超出我的预算，但为了让他们早日改善居住条件，我又拿出全部积蓄，全款为他们买下了那套房。多年以来，凡是父母需要的、想要的、靠他们自己无法实现的，我都会尽力去满足。带他们出国旅行，住五星级酒店，可因为当时财力不足没定更大的房间，三个人住着很挤，就被父亲数落"没钱就别出来装"，导致我半夜躲在洗手间抹眼泪。

贫瘠的原生家庭就像一个无底洞，金钱填不满，人心更填不满。

我曾收到一位女生的私信，信中说："我越是给父母花钱，他们就越觉得我应该给他们更多的钱。但当我需要帮助，他们却找各种借口推诿。不知道今后我如果不给钱了，是不是就不孝顺了，是不是就忘恩负义了。"她的来信表达了一种普遍性的困惑，即如果父母索取无度，子女是否应当适度地回撤"孝顺"？这种回撤是否意味着不孝？正如前文所述，"子女对父母的回报应该基于爱的流动"，世间所有的关系都讲究你来我往，有互动才有更进一步的关系。不能只要求孩子单方面孝顺，父母也应该知礼、感恩、理解和帮助孩子，任何过于依赖某一方单方面付出而维系的关系都不是健康的关系，早晚会失衡。适当地回撤"孝顺"意味着理性战胜感性和道德束缚，也是基于现实的自我调整和自我保护，不必为此感到羞耻。不要被"孝顺"的观念绑架，如果已经尽力而为，并只是想在自己的生活和回报父母之间找个平衡点，那绝不是不孝或者忘恩负义。真正爱孩子的父母一定希望他们把自己的生活过好。看着自己创造的生命活得风生水起，对于父母来说，应该是极大的精神慰藉，而不是产生嫉妒和剥削。

牛小姐终于决定在北京给自己买套房，以强制储蓄的方法防止被原生家庭持续"吸血"，我为她开始为自己着想感到高兴。太多的女孩就是太不懂得为自己着想了。在经历过付出、报恩、背叛、孤独无依之后，我们才能真切地明白，女孩在经济独立之后不要急于反哺原生家庭，应该把经营好自己的生活放在优先于任何人和事的位置。首先，人的欲望是被喂大的，一开始就大量反哺会使家人的胃口越来越大，到最后欲壑难填，一旦你减少或停止反哺，就会立刻受到道德绑架和批判。最好"朝三暮四"，前面给三分，后面给四分，皆大欢喜；而不要"朝四暮三"，前面给四分，后面给三分，费力不讨好。其次，在人生爬坡阶段的二十岁到三十岁，无论是提升自己、开阔眼界、促使事业上一个新台阶还是在大城市安身立命都需要资本，没有原生家庭托举的女孩更需要钱来推动社会资源的置换，可如果提前让钱流向了原生家庭，自己囊中羞涩的话，就像上牌桌却没有筹码，很难留在牌桌上，更难翻身。最后，我们总会遇到困难，无论是事业发展的瓶颈期还是结婚生子之后的时间冲突，那些二十多岁时没有遇到的问题通通会在三十多岁时找上你，那时你就会后悔为什么当初没有为自己多攒点钱，因为你会发现大多数问题的解决方案都是钱，而不是家人。懂得感恩的家人会在你有难时帮帮你，可残酷的现实也可能是，无法在经济上帮助你的家人也不愿意在其他方面帮你，甚至都不愿意出力，你会突然发现自己要扛下所有事情。举一个最简单的例子，你给家里还债、买房、出钱给弟弟找工作，积蓄所剩无几；当你有了孩子，希望你妈妈抽空帮帮你，可她却说："你弟弟的孩子也需要我带，你赚得多就请月嫂吧。"曾经为家里花的那些钱仿佛都不作数了，在他们的认知里，你是家庭的贡献者和所有问题的解决方案，所有人习惯享受你的付出，却忘了你也是个会遇到困难和需要帮助的人。

所以，先爱自己，好吗？学会控制自己的付出，面对无底洞和深渊，学会适可而止和转身离开，不要用超额付出感动自己，不要沉溺于家庭拯救者的角色，虽然我知道那会让你拥有巨大的道德满足感，因为我也曾是你。不要把付出当作投资，不要期待它一定会产生收益或回报。把付出控制在即使对方不给你任何回报，你也不会伤心或生气的程度，量力而行，适可而止。

"血包"的执迷与开悟

"血包"指在一个家庭中,尤其是重男轻女的家庭环境中,女儿被视为家庭的经济支柱,承担了家庭的主要经济负担。这种现象在许多家庭中普遍存在,尤其是在同时有儿子和女儿的家庭中更为明显。容易被当作"血包"的女孩通常都有两种执迷,对被爱的执迷和讨好父母的执迷。

在与牛小姐聊天的时候,我捕捉到一个细节,她会时不时地强调"当然,他们是爱我的",尤其是在讲家人做了哪些令她不满的事情之后。在我一个听者看来,她是在自我安慰。如果不给自己这样的心理暗示,那么她为家人所做的一切都将失去意义,她要面对价值观的断裂以及由此产生的痛苦,所以她必须说服自己,家人是爱她的。作为她真正的朋友,我会进一步地问:"他们具体是怎么爱你的?"她说:"比如我每次给家里钱他们都会非常感激啊,我每次回家他们也都对我很好啊……"我又问:"那他们给过你钱吗?你在北京买房他们会出钱支持你吗?"她好像被问住了,或者不想回答,可能并没有信心。不得不说,很多女孩对爱的标准太低了,家里不给钱、不给资源、从不托举,但只要口头关心一下、表示下感激、偶尔给做点好吃的，就以为这就是爱了。值钱的不给你，给点不值钱的哄哄你。

没有对比就没有伤害，只要我们稍微对比一下就知道什么才是真正的爱。父母是如何爱儿子的？家里有好吃的要赶紧给他吃，家里的活他是一点都不用干的，默认他是家庭资产的继承人，鼓励他去干事业、闯世界，给他攒钱买房子、娶媳妇……一位朋友曾给我讲了她在某个饭局上的"奇遇"。那天她爸爸来北京，带着她宴请另一家朋友。那家的阿姨非常热情，席间用既羡慕又抱怨的口吻对她爸爸说："你瞧你，多有福气，早点退休多好，不像我们有儿子，这把年纪还得吭哧吭哧地干。"在阿姨或者更多人的价值观里，为儿子提供生产资料是父母的义务，对女儿则不然，女孩理应通过婚姻去投靠一位拥有生产资料的男人，通过自己的劳动和生育价值置换生活资本。家庭不需要为女儿提供生产资料导致女孩需要付出更多的时间和努力为自己积攒生产资料，或者不得不把婚姻当作救命稻草。

记住，对爱的标准太低，就是背叛自己。所以女孩们，现在知道什么是爱了吗？给支持、给帮助、给钱、给资源、给托举是爱，这些都没有，只给口头的关心、安慰、挂念、感激、愧疚通通算不上爱，或者说这种所谓的"爱"太廉价了。判断一个人爱不爱我，只有一个标准：她/他的行为所产生的结果是否对我有益。不要脱离行动去臆断对方的意图，不为不爱我们的人找借口开脱，拒绝给自己洗脑，不要陷入自我欺骗之中。行动就是答案，从今往后，只以结果判断爱。

曾经的我也像牛小姐一样，过分沉溺于口头上的爱。以前父母经常说："我们没有什么可以帮你的，感觉很愧疚。"只要听到这句话，我就觉得他们无比爱我，即使他们什么都还没做：不爱我的人怎么会觉得愧疚和亏欠呢？因此，我一直坚信，在我需要帮助的时候，他们绝对会鼎力相助。但现实让我看清，在一个重男轻女的父权制家庭中，女孩的利益永远被放在家庭利益的最末端，无论你对这个家庭做出过多大的贡献。他们心安理得地享受着你源源不断输送的资源，却远远地观望你的孤立无援。从那以后，我的心好像被挖走了一块，现在我才知道，那一块就叫作爱。

那个时候的我很难接受"父母可能不爱我"这件事，它跟我原有的价值观激烈地对撞，可当这件事一次又一次地被证明，我只能接受、吞咽、消化、自保。其实知道别人并不真正地爱我们并不见得是一件坏事，它并不是让我们悲伤的，而是让我们调整行为的。对待不爱最好的方法不是质问，不是指责，不是试图获得爱，而是远离并控制成本：缩减在他们身上付出的时间成本、经济成本和情绪成本，不再为维系这段关系而投入精力。

接着，我又向牛小姐提了一个问题："你给家里的钱，能让他们写个借条吗？"

"那我妈肯定会不开心的！"她连忙说。

"为什么你首先关注的是她开不开心？你给家里那么多钱自己开心吗？有人关心你开不开心吗？"我又问。

看着她，我又好像看到了当初的自己：一切行为都要以取悦父母为准则，小心翼翼地维护他们的情绪，想方设法地讨好，惹他们不高兴简直就是滔天大错，怕被说不孝，还会用道德进行自我攻击。我们不自觉地把自己放在了父母情绪责任人的位置上，导致自我失权，甚至无法进行合理争辩与反抗，最终使自己的利益受损并受到情感伤害。如果父母因为孩子提出合理诉求或者保护自我权益就有不良情绪的话，那不就更加说明他们的自私吗？不敢挑战父母的情绪就永远做不到与他们平等对话，请把不开心的权利还给父母，也把开心的权利还给自己。

只有尽早破除对被爱的执迷和讨好父母的执迷，尽早开悟并行动，我们才能避免被无休止地"吸血"。

讲完这些，牛小姐问："你怎么懂那么多啊？"

我坐在沙发上哈哈大笑，随即眼角渗出一滴泪："对啊，我怎么懂这么多啊？"

那滴泪说明了一切。

放下拯救父母情结

什么是"拯救父母情结"？一方面，我们接受了更加先进的教育，眼界更加开阔，认知觉醒，朝着更加理想的生活和更加理想的自己高歌猛进；另一方面，回望原生家庭，父母一如往常，物质条件没有太大的改善，认知、眼界还停留在与时代发展不相符的阶段。眼见自己与父母之间的差距越来越大，但又受到传统孝道的支配，一种对父母的愧疚感和责任感油然而生。想要通过自己的努力改善他们的物质与精神生活，甚至解决父母的婚姻问题、性格与行为缺陷。"把父母留在糟糕的原地，我无法前进去享受生活。"这就是典型的"拯救父母情结"。

父母的性格与行为缺陷无法靠子女彻底改变。在我们出生之前，父母的绝大部分性格与行为模式就已经形成，这是他们的原生家庭、教育水平、社会经历、个人选择共同作用的结果，是他们过去所有的经历造就了我们所认识的他们。

当我的演讲《你养我长大，我陪你变老》在网上爆火，很多人把我视作孝女的典范。那时的我特别相信只要我足够努力，让父母过上好的生活，就能改变父母，改变家庭命运，我一定会拥有一个和睦美满的家庭。

可在经历过一而再再而三的伤害后，我明白自己改变不了暴力的父亲和懦弱的母亲，他们的性格来源于缺爱的原生家庭和不正确的家庭教育，对此负责的应该是他们的父母，而不是他们的孩子。他们在自我问题还未得到解决的时候就被家庭和社会推进了婚姻，顺理成章地成为父母，可那时的他们还并不具备成熟的父母应该具备的能力，比如修正自我、以身作则、关爱孩子、承担责任等，进而导致个人问题和婚姻家庭问题交织，使最无辜的孩子深受其害。无论孩子如何努力，都无法穿越时空去拯救孩童时期的爸爸和妈妈。

解决父母的婚姻问题不是子女的责任和义务。总有父母试图把自己婚姻不幸的原因归结为孩子。有的母亲会对孩子说："如果不是为了你，我早就跟你爸离婚了。"即使离婚了也会对孩子说："为了你我才不再婚。"我闺密的母亲对她说："我跟你爸离婚都是因为你没用，没劝好你爸。"他们离不离婚都能找到怪孩子的理由。这样的语言好像一把枷锁，牢牢地将愧疚感锁在子女的心中，让我们一直生活在愧对父母的不安宁之中。

在我收到的众多私信中，很多原生家庭不幸福的子女在成年以后特别热衷于干一件事，催促父母离婚。有一位网友留言说："在我的组织下，爸妈终于离婚了！""组织"这个词给我留下了特别深刻的印象，仿佛让父母离婚是一项任务，由子女主导，父母只需配合，最终完成目标。

当我走进婚姻尤其是有了孩子之后，突然明白父母的婚姻问题是他们自己需要解决的课题，就像我不可能期待我的孩子去解决我的婚姻问题一样。婚姻很复杂，也存在很多种模式，一个女人能否下决心离开错误的婚姻，通常还跟她的原生家庭、受教育程度、经济能力、独立生活能力、社会包容程度等息息相关。孩子在婚姻选择中是一个异常重要的因素，但绝不是唯一的决定性因素，不应该让他们从小就背负对父母婚姻状况负责的重担，在他们的内心植入负罪感和愧疚感，这对孩子不公平而且很残忍。父母把自己的问题简单地归因于为了孩子，只是因为他们无法面对真实的自己，不敢承认自己的懦弱与无能，有时为了孩子是真的，而有时孩子只是一个逃避责任的借口。

如果父母想留在糟糕的原地，我也有资格去享受自己的人生。虽然孩子无法选择父母，但并不意味孩子一生都无法选择跟父母相处的模式。每个人来到这个世界并不是为了解决上一代人的问题的，我们必须学会课题分离，他们的问题是他们的，我们可以提供力所能及的帮助，但不要试图把他们的问题当作我们的问题，我们也有自己需要面对的问题。一位朋友对我说："你有下一代了，上一代就不是你的责任了。"听到这句话时我泪流满面，仿佛一瞬间卸掉了压在肩上和心上的重担。

放下拯救父母情结意味着我们允许自己作为独立的个体去面对亲缘关系，而不是他们的附属品；也允许父母作为独立个体去选择他们的生活方式，不越界妄图干涉他们的婚姻，不强求他们按照我们的构想继续成长，不妄想解决一切问题。

放下父母，放过自己。允许父母做父母，允许自己做自己。

做自己的精神父母

在有些亲子关系中，存在一种角色错位，孩子像大人，大人像孩子。孩子总被要求像大人一样成熟稳重、善解人意，父母却被允许像孩子一样无理取闹、自私自利；孩子犯错总被揪着反复鞭挞，父母犯错用一句"我也是第一次做父母"就可以略过；父母情绪低落，孩子应该开解父母、哄他们开心，而当孩子沮丧甚至抑郁时，父母都不曾真正地倾听和理解他们；孩子对父母有无穷无尽的隐忍义务和道德责任，父母一言不合就有权对孩子又打又骂；面对冲突时，懦弱的父母像躲在成人模具中的孩子，被动、回避、闪躲，总指望着真正的孩子主动去解决问题……

在心理学上，孩子过早、过度成熟被称作"父母化"，父母的缺位与失职剥夺了孩子的童年，使孩子在应当做孩子的年纪过早地承担起成年人的义务。有心理学家认为这是一种虐待。这些孩子看似懂事，但在长大后可能面临诸多情感困境，比如强迫性地想要照顾别人，形成讨好型人格，害怕对他人提要求，无法表达自己的需求，对亲密关系充满不安全感，等等。

现在很流行一个概念，"真正的成年是有能力、有意愿把自己重新养育一遍"。重新养育自己、做自己的精神父母、我是我的妈妈和女儿，这些概念的核心都是在帮助那些从小没有被深爱和偏爱的人重新发现自己值得被爱。

我曾把需要父母当作一种脆弱，曾错误地以为坚强就是谁也不需要，独立就是不向任何人求助。现在回看过往才发现那种要强的心态不过是自保，当一个人的潜意识知道没有人会来帮助她时，大脑才会自动生成不需要帮助的指令，以防止自己因得不到而受伤崩溃。在我的记忆深处或是噩梦场景中，总有一栋黑漆漆的高楼，楼梯那么多那么密，跑得再快也走不完……这源自我童年的经历：父母失业后以摆烧烤摊为生，下午四五点钟出摊，一直到深夜才回。我的夜晚从来都是一个人度过，有时还要在深夜帮父母送货。那时，我家住在八层，别说电梯，楼道里连感应灯都没有。每次去送货，一下一上，我要在黑暗中走十六层楼，确切地说都不是走的。通常楼梯刚走到一半我就纵身一跃跳过几级台阶，这样就能快速到达一楼；上楼的时候当然也不会一个台阶一个台阶迈，那样太慢了，而是一个大跨步上四级台阶。跑得越快，越早到家，我提到嗓子眼儿的心就可以尽快落下。

其实这件事本应该父母去做，可我总是体谅他们不容易，逞能帮忙。爸爸嫌累不愿意上楼取货，我就把货送下去，他不愿意送我上楼我就自己上，我竟然从来都没适当地表达过孩子应有的恐惧，也不会撒娇要求爸爸送我上去，其实我的内心多么想他能主动地送我上去……

当我们成年以后，会发现自己的心底还藏着一个孩子，那是童年的自己。彼时或是由于家庭条件所迫父母无暇顾及，或是由于父母认知所限不懂如何关爱，或是由于运气不佳遇到冷漠自私的父母……无论哪一种原因、哪一种情状，我们唯一能做的不是抱怨生活或改变父母，而是成为自己的精神父母，滋养自己，保护自己，像爱孩子一样重新爱自己一遍。

做自己的精神父母，把自己放在他人之前优先考虑。父母化的子女总是把照顾家人、拯救家庭视为己任，在经济上、情感上、生活上优先体贴家人，把自我需求一再地后置甚至忽略。可在付出一切之后却发现：自己爱了别人那么多，却没人爱自己；帮了家人那么多，自己遇到困难时却依然孤立无援。一位哲人说，所谓的善并非是对他人好，而是对自己好。比如人们做慈善，虽然看起来是在帮助别人、对他人好，但施行善举让我们获得道德上的优越感和内心的满足感，归根结底是对自己有益。只有对自己有益的事才能促使我们一直做下去。从今天起，把自己的需求放在首位，多做对自己有益的事，把照顾他人的责任还给他们自己，并把照顾自己的责任承担起来。

做自己的精神父母，赋予自我配得感。东亚家庭的亏欠教育害了父母也害了孩子，父母以施恩求报的姿态不断地向子女索取，失去了作为养育者应该承担责任的坦然，一旦子女达不到自己的期望，便心态失衡，一直生活在被亏欠的不满愤恨之中；孩子从小被灌输亏欠父母的有毒思想，像罪人一样被抱怨责骂，不断丧失配得感，认为自己不配得到快乐与幸福，被报恩的道德枷锁桎梏一生……

父母对孩子的确有养育之恩，但孩子回报父母的方式绝不仅限于为他们养老或者提供经济支持，孩子的到来本身已是报答。无论是为了传宗接代、巩固婚姻、体验天伦之乐还是养儿防老，都是父母求着孩子降临，是孩子的到来让父母完成家族使命，免于被催促、被冷眼、被讽刺，使自己受到家庭和社会的认可，免于承受同辈压力；是孩子的到来让某些父母可以名正言顺地继承家庭财产；是孩子的到来满足了父母的情感需求，让他们有了情感寄托；是孩子的到来让父母的基因得到了延续……父母抚养孩子到成年既是法律义务，又是他们当初选择生孩子所应当担负的责任。子女对父母的回报应该基于爱的流动，父母灌注以爱，孩子回报以爱。充分感受到父母之爱的孩子并不需要所谓的孝顺教育，用孝道对孩子进行道德控制的父母其实是在抄近道，因为他们并不想付出漫长的、大量的爱，却急于获得回报。因此我们要告诉自己：我的到来，已是报答；我的存在，就是意义。生而为人，我并非带着亏欠来到这个世界的，我配得上这世间的一切美好，我配得到偏爱，得到尊重，得到财富，得到自由！

做自己的精神父母，让家庭悲剧至我终结。原生家庭的悲剧特别容易在女性身上延续，被父权制驯化良好的母亲会用同样的方式驯化自己的女儿或儿媳，生长在家暴环境中的女孩也容易错误地认为这是爱的表达方式，甚至继续选择类似父亲的男人组成另一个类似的家庭，并像自己的母亲一样忍受家暴。

原生家庭的问题如同基因一般形成链条，代代相传。这就是为什么女孩要不断地学习，开阔眼界，升级认知，为自己赋能赋权。我们不是在为父母读书，而是为了不成为父母那样的人而读书，为了过上跟他们完全不同的生活而读书，为了比他们更有尊严地活着而读书，为了让家庭悲剧的链条从我们这里彻底断裂而读书。我们必须亲手终结家庭悲剧经由自己继续向下一代延续的可能。

我的父母没有被他们的父母深深地爱过，我为他们感到遗憾，在爱孩子这件事上他们有心无力，我也能够理解。但如果说我从未有过怨恨，那是假的。可怨恨并不能解决任何问题，十八岁之前，养育我们是父母的责任；十八岁之后，养育我们是自己的责任。拥有什么样的未来，取决于我们如何养育自己。人生由我，必尽其责！

05
觉醒

"我分明感受到这熠熠生辉的世界,

躺在我的脚下。

有人在未来等我,

我自己。"

那些年轻的女孩必须知道的事

网上经常能看到这类帖子,例如"想听听三十岁的姐姐给二十岁女生的建议",最令人感动的是下面成千上万的留言,那么多人真诚地分享自己走过的弯路、交过的"学费"、人生的感悟和实实在在的建议。在此,虚长十岁的我也有些话想说,一点浅薄的人生经验,一点经历之后的领悟,犹如旅游攻略,仅供参考。

学习,不断地学习,而且要无功利地学习。进入成人世界的第一个错觉就是以为高考之后再也不用学习了。现实恰恰相反,真正的学习才刚刚开始。学习的功能不再只是为了升学这一个功利性的目的,而是为了了解这个世界,建立自我世界的坐标,并找到自己在世界中的定位。学习不应该是生活中可有可无的东西,或者忙完其他余下时间才去做的事情,学习就是生活本身,与我们融为一体。

当沉浸在学习中时,杂念将被清洗。波伏娃曾写道:"决定准备参加考试,最终逃离三年来我在里面转来转去的迷宫,开始迈步走向未来。今后我的每一天都有了意义,引导我走向最终的解脱。事业上的困难激励着我,再也不可能去胡思乱想、自寻烦恼了。现在我既然有事可做了，海阔天高，够我施展抱负了，我便摆脱了不安、绝望和一切忧伤。"从她的经历可以看出，学习真是一剂良药，有专治胡思乱想之功效，迷茫、不安、彷徨、忧伤、绝望等情绪通通被赶走，取而代之的是认知的更新迭代，内心的平静充盈。

不要因为任何人或任何事而停止学习。每当看到有年轻的女孩发帖问"要不要放弃深造，与男朋友到另一个城市生活"或者"男朋友希望早点结婚生子，我要不要放弃读博"之类的问题时，我总有一种遗憾和担忧，那就是女孩太容易被外界影响了，尤其是被男人影响。我讨厌这样一种现实，男人总是可以顺利地把女人带进他的前途中，让她们充当能量供给者，可女人总是不断地在男人和前途中做选择。我曾听过这样一句话，想送给所有年轻的女孩，"Follow your dreams, not your boyfriends"（追随你的梦想，而不是你的男友）。通过学习知识与技能，我们才能过上自己亲手塑造的生活，而不是别人为我们塑造的生活。

努力就是一种天赋。"我并不是一个有天赋的人。"也许你常常会被这样的念头打击，因此沮丧、懊恼、拖延，甚至自暴自弃。可天赋并不是那么不寻常的东西，当你有使自己变好的信念并为之付出行动时，天赋就已经在散发微光。我原本也并不是一个极具天赋的人，只不过凭借着不懈的努力一点一点变得扎实、稳重、值得信赖，由此才获得了更多宝贵的机会。天才不常有，而努力之人常有，从今天起，种植、耕耘自己的天赋，直到带着绿意和希望的嫩芽破土而出，长成参天大树。哪怕只是一棵小树甚至一株小草，起码不必终日埋在黑暗的土壤里，来世间走一遭，至少应该晒过太阳，吹过风也淋过雨。

你的选择就是正确选项。选择总是一件恼人的事，因为它总是不得不跟舍弃相伴，选了一个就必然会失去另一个，世间少有两全法。面对选择的我们，常常纠结、迷茫、怀疑、畏惧，真希望有上帝之眼，看清究竟哪一个才是正确选项。但你是否想过：人生或许根本就没有正确选项。此时的正确在多年之后或许会变成当初的错误，某些误打误撞或无心插柳反而会显示出某种正确。强迫自己做出看似绝对正确的选项，本身就是一种徒劳。

究竟该怎么做呢？让直觉施展魔法，就选当下最想要的。告诉自己：我并不是在正确和错误之间做出选择，无论选哪一个，都是我的行动在为它赋能，是我的努力让它成为正确的选择。选了最想要的，起码拥有了开心而满足的当下，即使日后变卦。满足自我的选择往往会带来源源不断的动力，让这个选择朝着积极的方向生长。不能既要、也要、还要，聚焦本心，着眼当下，不过度担忧未来，不过度参考他人的意见或建议，选你所想，尽你所能，如你所愿。

坚持本身就是一种结果。以前我们或许错误地认为坚持只是一个过程，最后那个结果才是终极目标。可真相是，每一天的坚持其实都会在我们身上产生相应的结果，尤其关乎自我效能感。自我效能感是潜意识对一个人能否做成一件事的确认感，简而言之，就是我们对自己的信心。当你能够抗拒诱惑，使自己沉浸在某件事情中的时候，即使终极目标还未达成，但每一天的坚持已经在改写你的潜意识，让你确信自己是一个值得信赖的人。如果想提高自我效能感的话，现在就找一件容易上手的、能够坚持的事情，坚持做上一个月、两个月，之后再做任何事情的时候，你就会发现自己的畏难情绪逐渐降低，此时你的潜意识已经默认你是一个有效率、有能力、能坚持的人，自我效能感高的人，内驱力不断加码，成事只是水到渠成。

唯一不变的就是变化。这是我听过的绝对真理。世间的一切都是流动的，时间在流逝，岁月在更迭，人每时每刻都在改变。永远不要对人和事有一成不变的期待，保持开放，保持灵活。法齐娅·库菲曾这样告诫女儿们："有时候，忍受不一定是正确的处事方法。所有伟大的领袖都有一个共同点，就是有能力调节自己，适应形势，然后重新开始。改变并不一定都是我们的敌人，你们必须学会接受它，视其为生活的一部分。如果我们与'改变'结为朋友，欢迎它的到来，那么，下次它来造访我们的时候，或许就不会对我们那么残忍了。"

希望我的醒悟是你的常识。当然，这些建议你听也好，不听也罢。无论听与不听，我相信你都会找到自己的处世哲学。

谁先不在意别人的眼光，谁先获得自由

从拥有自我意识开始，我们的世界就充满别人的眼睛、别人的嘴巴，别人的眼光和评价时刻环绕在我们周围，如影随形。每个人都穿梭在由别人的评价所编织的社会网络中，有的时候比起真实的自己，我们甚至更加在意别人眼中的自己。

十年前，我第一次参加电视节目《中国成语大会》，那个时候社交媒体还没有现在这么发达，我只记得每期节目播出后都会有热心观众聚集到贴吧，点评各位选手的表现。刚开始我还饶有兴致地前去欣赏观众对我的褒奖，可逐渐发现我是其中被骂得最惨的一个。有人说我故意选择跟有冠军潜力的唐小姐组队，很有心机，但实际上我俩完全是在初赛现场认识，因为都是东北人倍感亲切，于是一拍即合组成一队。还有人说我自命不凡、高傲自大，一时间我竟难以把握自信和自大的尺度。那是我第一次感受到素昧平生的恶意。难以接受这些误解和恶意解读的我甚至注册了一个小号去跟骂我的人辩驳，一遍一遍地解释"她"不是你们说的那样，极力地想要扭转他们的看法，现在想想实在可笑。

其实当初选择参赛完全是机缘巧合。那一年，节目组到北

大开研讨会，我当时刚好在找实习单位，于是就给导演递了简历想要争取一个实习机会。过了些日子他们叫我去面试，本以为是去实习，结果却是问我愿不愿意参加节目。当时的我对参加电视节目没有什么概念，但一听是有关成语的比赛，第一个想法是"那肯定能学到很多成语"，这才答应下来。只要是能学到东西的事我都愿意试一试。而且当时我正在兼职做语文老师，上电视学成语这事肯定能激发我的学生也去学成语，何乐而不为？

可我低估了电视节目的影响力，摄像机就是放大器，你的举手投足都会被放大、剪切、拼贴、重构，没有人能经得起逐帧审判。这个道理那时的我还不懂，虽然收获了很多的青睐与赞誉，但依然会为那些素昧平生的恶意所伤害。

选择曝光自己，就选择了任人评判。被毫不相干的人指指点点成了参赛者的宿命，就像有人说"被误解是表达者的宿命"一样。很多人都关心你飞得高不高，更多人关心你什么时候一个跟头摔下来，好让他们笑一笑。很多人惧怕比赛并不是惧怕比赛本身，而是惧怕他人可能对自己做出的负面评判。把自己放在别人面前并赋予对方评价的权力，渴望得到对方的认可和赏识，其实是一件既费力又无力的事。尤其在互联网时代，选手要面对的不仅是场上评委的评判，还有场外无数网友、无数双眼睛和无数张嘴的评判。这些评判时而夸张，时而疯狂，甚至极尽人性之恶，恶意揣度、泼脏水、造谣等随之而来。自信可以被解读为嚣张，胆怯被说成"装"，向他人示好可以被说成虚伪，每一个表情、神态、动作都有可能被曲解为其他意思……北野武说，"出名，也意味着随时都处在压力下。人们对我作品的负面评价，就是某种对我征收的税。"比赛、出名、曝光、成功都是要交"税"的，享受荣光之前要问问自己是否交得起。

直到今天，我选择成为一名博主，这就意味着将自己半公众化，那些恶意依然在萦绕，但不同的是我对待它的态度。

经过很长时间的思想斗争，我在社交媒体上分享了自己原生家庭的问题，也曾分享过真实的婚姻问题，于是有人说风凉话，也有人评论说："从你说原生家庭问题时起，我就知道你的婚姻一定会出问题。"好像婚姻的问题全是由我导致的。事实上，只要是走进婚姻的人就一定会遇到婚姻问题。再将范围扩大一些，只要是人，就一定活在问题中。当我们选择把自己的创伤和弱点展示在众人面前时，就一定有人会利用它去攻击我们，这也是为什么很多人在网上不敢展示自己生活中"难看"的一面，而通常只展示光鲜的一面。即使真实生活中的自己脆弱、失败而颓废，我们也希望别人眼中的自己强大、优秀而阳光，这就是所谓的"人设"。可虚伪的"人设"不仅有随时坍塌的风险，更会使我们悬浮于空中，偏离真实的生活轨道。即使在网络空间，我也想做个立体的、有血有肉的人，我的生活一定是创作和分享的基础。现在的我不再会被别人扭曲的眼光和恶意的评论刺激，无视就是最好的回应，因为我要把时间和注意力放在那些更有价值和意义的反馈上。

一位父亲说，我的经历警醒他作为一个父亲要时刻注意自己的言行，不能给孩子和家人留下创伤。还有很多遭遇家暴的网友给我留言说，我坦诚且勇敢地分享也鼓励他们把曾经不敢说出来或者说出来没有人理解的经历讲出来，内心的烦闷得到疏解。每个人的职业、地位、收入千差万别，但在人生各个阶段遇到的问题却有可能非常类似，此时我们需要分享、需要倾听、需要理解，在问题面前，我们太需要那种不是一个人在独自面对的感觉了。当我分享婚姻问题时也得到了很多共鸣以及"过来人"善意的提醒和建议，虽然大家总说是我的分享鼓励了她们，但她们所提供的生活经验也在帮助我更好地处理生活中的问题，互帮互助在此刻形成完美的闭环。我逐渐明白，生活的重心是寻找同类并帮助同类，而非企图纠正异类看我们的眼光，只要能够找到同类，就离孤独越来越远。真实而善良的我们一定会吸引到真实而善良的同类，一起分享问题、探讨问题、面对问题和解决问题，这是使我们变得更团结、更强大的宝贵机会，也会让我们收获更多素昧平生的善意。

从前的我总是期待别人的好评，无法接受差评，期待被喜爱、被羡慕、被追捧，活成别人嘴里的"人生赢家"；但现在的我不再在意别人的眼光，好评、差评都接受，因为生活告诉我，即使所谓的人生赢家也要面对一地鸡毛，真正值得在意的只有自己真实的生活而非光鲜的"人设"。人生遇到问题根本不是问题，不敢正视问题和探讨问题才是问题。不要被别人的眼光或者素昧平生的恶意吓倒，更不要被它们禁锢，对自己真正想做的事和有意义的事畏首畏尾,也不要在它们身上浪费任何一点时间和情绪。谁都没有自己说的那么好,也没有别人说的那么坏。不要惧怕展示真实的生活和真实的自己,谁先不在意别人的眼光,谁先获得自由。

你的人生不是用来讨好别人的

女人的身上比男人多出一种东西——讨好感。女人总是试图表现得大方、得体、温和，具有亲和力；不破坏气氛，不令人不悦，不表现出攻击性；为他人着想，为他人服务，为他人让步。这种讨好感源自从小受到的规训以及在成长过程中对社会期许的耳濡目染，我们知道，但凡表现出挑战的样子就要受到道德惩戒，轻者遭遇旁人的冷眼、孤立、指指点点，重者被辱骂、威胁甚至殴打。更可怕的是，我们不断地将来自外界的负面信息内化并生成自我调节机制，以适应这个社会对我们毫无理由的恶意和攻击。

基于多年的研究，斯坦福大学教授德波拉·格林费尔德表达了这样的观点："我们根植于文化的传统观念，将男性与领袖特质相关联，将女性与抚育特质相关联，并且让女性处于一个两难的境地。"她说："我们不仅相信女性充当的是抚育者的角色，还相信这是她们首要的角色。当一个女人做了某些事情显示她最突出的特质不是亲和力，就会给人带来负面印象，让其他人感觉不舒服。"

社会赋予那些事业成功、拥有权力、挑战权威的女人一个词——强势。前脸书（Facebook）首席运营官谢丽尔·桑德伯格在书中讲了这样一件趣事，她曾去参加一个活动，当发现活动的标题是"最具权力女性峰会"(the Most Powerful Women Summit)时，她立刻要求助理将会议名称改为"财富女人峰会"(Fortune Women's Conference)。她还把这件事分享给黛安娜·法雷尔(时任麦肯锡全球研究院院长)和休·德克尔(时任雅虎首席财务官)，二人随即大笑起来，说她们看到会议名称时的第一反应也是这样。无论女人取得多么高的成就、如何位高权重，还是会本能地与权力保持距离，依然很难自然而然地接受"拥有权力的女人"的标签。后来，活动的组织者、《财富》杂志的帕蒂·塞勒斯解释说，之所以选择这样一个名称是有意而为之，她要推动女性直面自己的力量，慢慢适应"权力"这个词，并且以"权力"为荣。

以前的我特别害怕被说成女强人或者强势的女人，因为当"强"这个词用在女人身上时，背后的含义可不是赞赏，而是指责。一旦被这样说，就好像被剥夺了作为女人的柔情，你再也不是大众眼中的好女人。可我究竟在怕什么呢？失去柔情的女人又会失去什么呢？答案是男人的喜爱和女人的支持。现实是：男人变强会同时收获男人的支持和女人的仰慕，而女人变强就会同时失去二者。没有人不希望得到别人的喜爱，因此，为了维护正常的社交，许多女人不得不收起锋芒甚至自我矮化，显示出讨好的样子，这其实是一种自我保护。但问题是时间一久，讨好逐渐成为习惯，会深深烙印在女人的行为模式之中。有的人以为只要尽力讨好别人就能收获更多的青睐和信任，但现实往往与之相反，讨好反而容易让别人产生不信任感。

想要克服讨好感这种内在障碍，首先必须认识到：你不需要他人的认同。日常生活中我们经常会遇到这样的人，无论做出什么恰当的行为，哪怕只是一件小事，也期待得到他人的认同或夸赞，只有这样他才会感觉到满足。甚至像个孩子一样，为了得到别人的认同，他才会做出恰当行为。这样做就等同于把自己生活的指挥棒交到他人手中，别人都不用行动，只用目光和言语就能左右你。如果一直在意他人的看法，那就无法为自己而活。我们必须学会将他人隔离在自我之外，无论是他人的认同还是批评。这并不意味着我们要把自己关在没有朋友、不参与社交的孤岛上，而是要把关注点从别人身上转移到自己身上：更加关注自己想要什么，而不是别人希望从你身上看到什么；更加关注自己的喜怒哀乐，而不是别人的情绪变化；更加关注自己的健康与舒适，而不是别人如何看待你的容貌。你如何去定义自己，你就将会拥有怎样的自己。如果你对自己的定义是凡事需要得到他人认同的人，那就只能依据他人的好恶表演一个假的自己；可你明明有权利将自己定义为不需要他人认同的人，那样便可以随心所欲地做自己。

阿德勒在《性格心理学》中说："比起实际上如何，更在意别人觉得如何的话，就很容易与现实失去接触。"他所说的"现实"指的是我们实际的生活，他人的眼光与评价其实并不一定真实存在，很多时候不过是在实际生活之外的虚幻构想，可正是这幻想编织成网，作茧筑笼，令人困顿其中。

　　保持现在的自己就好。需要指出的是，保持现在的自己并不意味着不思进取、裹足不前，如果只把现在的自己理解成不再改变的自己那就大错特错了。现在的自己本身就是一个不断动态变化的过程，每时每刻我们都在发生着改变，即使你还没有意识到。接受自己本来的样子，也接受自己变化的样子，不以物喜，不以己悲。

　　活在此时此刻，享受当下的快乐。不要认为当你做成某些事之后人生才真正开始，人生从来不是从某一个具体的时间点开始的，它一直在进行，只要我们活着就在创造。比起长期主义，当下主义、刹那主义更令我兴奋。人生不是先苦后甜，而是有甜赶紧甜。把苦难教育、耻辱教育统统抛在脑后，不要再为肆意的快乐而羞愧，Joy is never wrong（快乐无罪）！

　　有一段话挺好的，"不要太乖，不想做的事可以拒绝，做不到的事不用勉强，不喜欢的话假装没有听见。你的人生不是用来讨好所有人的，而是要善待自己"。

男人不是女人的尺度

有一次到朋友家做客，朋友对他十岁的小女儿说："让王博士给你讲讲学习方法。"是的，所有有孩子的亲朋好友都希望我给他们的孩子讲讲学习方法，这是我的保留节目，有时甚至觉得这就是他们请我到家里做客的目的之一（开玩笑的）。结果小姑娘一下子就急了，说："哎爸爸，你怎么这么叫阿姨啊？你怎么叫她博士啊？"

她爸说："我怎么不能叫她博士啊？她就是博士啊！"

"可博士是用来指男生的，你怎么能用形容男生的词叫阿姨呢？"小姑娘振振有词。

我俩面面相觑，哭笑不得。

是啊，有多少本来是用来描述全人类的词，却逐渐在社会刻板印象的作用下演变成偏指男性的词，以致人们脑海里与这个词相关联的形象只有男人，男人成了人类的代表，就像英语中用 man（男人）来代指人一样。《看不见的女性》这本书中提到，几十年来"画个科学家"的研究数据表明，绝大多数参与者都将科学家画成男人。当最近的一篇论文发现，现在有28%的儿童将科学家画成女人时，世界各地的媒体都击节相庆，视之为巨大的进步。

在读研究生的时候我做了一件不寻常的事：给父母买了套房。一位长辈得知此事后对我大加赞扬："你的父母养了你就相当于养了个儿子！"这句话应该是对我的赞美，但听起来总觉得有点儿别扭。后来我终于想明白了不对劲的地方：为什么要用儿子作为衡量女儿的最高标准？

类似的还有用"先生"称呼成就卓越的女士以表尊敬，看到没有，女人的最高成就是被允许使用男性的称呼。虽然他们辩解称，"先生"一词的另一层含义是老师，那么我请问：为什么"女士"一词不包含其他含义？有人说，那是因为过去当老师的主要是男人，那问题又来了：为什么过去当老师的主要是男人？女人是不想当老师，还是不被允许当老师，还是没有条件当老师？这是值得思考的问题。以男为尊是传统，是历史遗留问题，男人仿佛整个社会的尺度一般存在，代表权威和成功的最高标准，独享一等社会；而女人被置于二等社会，奋力爬到顶端也只不过刚刚触到一等社会的大门，男人轻蔑地看你一眼，欠了欠身子，不情愿地放你进去。

人们总是不自觉地用男人作为尺度去衡量女人，未婚的女人被是否有男朋友或未婚夫决定着社会角色，婚后的女人被丈夫的成就决定着价值半径，仿佛没有男人，女人就无法在世界上找到立足之地。女性的客体化一直以来都是女性主义研究的重点，为什么女人成了他者和客体呢？

男人为了保持自身的优越感和虚荣心，一定要放大女人的劣势，剥夺她的自主性，让她成为垫脚石。越来越多的女人开始觉醒，也厌倦了这样的社会配置，男人在女人与世界之间充当中介角色太久了，是时候把他们移除了。我们优秀，而不是像男人一样优秀；我们聪明，而不是像男人一样聪明；我们能干，而不是像男人一样能干。

每当有人称呼我为"女博士"的时候，我就会说："不是女博士，是博士，谢谢。"这只是一个小小的胜利，但意义重大，我可以不厌其烦地纠正那些人。

那天，我没有给朋友的孩子讲学习方法，而是给她讲了无论男孩女孩，只要努力学习都可以成为博士、科学家、宇航员、教师、律师、医生、护士等任何你想成为的人。可笑的是，当我写下"医生""护士"这两个词的时候，脑海里浮现的竟然是男医生和女护士的形象，可见性别在语言上的渗透给大脑带来了多么深远的影响，这也恰恰说明了性别平等还有很远的路要走。

别人会离开,自己一直在

这个世界上只有一个人与我们终身相伴,不是父母,不是爱人,不是孩子,而是自己。懂得照顾自己、取悦自己、保护自己、支持自己、珍惜自己尤为重要。

与自己和平共处,学会享受孤独。"孤单不是悲剧,无法孤单才是。"前面讲到被孤立的话题,其实不怕被孤立才是应对被孤立的良策。把追随别人的目光收回来放在自己身上,把寄予他人的希望收回来放在自己身上,把等待别人浪费的时间收回来放在自己身上,要知道,人,是在等人的时候,老去的。

而且真的不要小看自己,美剧《生活大爆炸》里有这样一句台词:"也许你感觉自己与周遭格格不入,但正是那些你一个人度过的时光,让你变得越来越有意思,等有天别人终于注意到你的时候,他们就会发现一个比他们想象中更酷的人。"

不要伙同他人苛待自己。当女人放弃讨好、优先考虑自我需求并开始享受一个人独处时,往往会被扣上"自私"的帽子,有时甚至连我们自己都开始反思:我是不是真的很自私?要不要改一改?不,不,不!这个世界上等着批评你、看你摔跤、嘲笑你的人已经够多了,不要加入他们,那一队根本不差你一个人。再看看这个世界上真正支持你、关心你、包容你的人有多少？根本没有多少，这一队才真的很需要你的加入。千万不要伙同他人责备自己、攻击自己，我们应当，也必须成为自己最坚定的盟友。

有一次我和一位相识快十年的朋友吵得面红耳赤，原因就是在我和别人起争执时，他一直在表面上理性地分析，可实际上在批评和攻击我，因为以他男性的价值观来看，我当时的做法不正确。但他忘了一点，朋友就是要无条件地在精神上支持对方，尤其当对方已经受到精神上的伤害甚至濒临崩溃的时候。道理可以事后冷静时再慢慢讲。如果生活中还没有遇到这种朋友，没关系，那就把自己培养成这种朋友，无条件地支持、鼓励和保护自己，不允许自己孤立无援。

我是一处宝藏。无论你是什么样的出身、容貌、身材、性格、学历，你都应该反复跟自己重复这句话：我是一处宝藏。但作为宝藏的意义并不是等待他人来开采，而是自己"独自美丽"并且懂得欣赏自我价值。请记住我的三句话，第一句，很多所谓的缺点其实根本不是你的缺点，而是你的特点，不要像急于改掉一些坏毛病一样着急甩掉它；第二句，成为别人永远都不是我们自我发展的目标，我们自我发展的目标永远是成为更舒展、更自洽、更笃定的自己；第三句，永远不要用自己的劣势跟别人的优势做比较，要去发掘和放大自己的核心优势。比如有的内向的朋友花费好大的精力才变得外向一点，完全没有必要，不如把这份精力花在深耕自己的特长上，把内向中的专注和独处能力培养到极致，静待花开。

不要浪费自己的时间，更不要浪费自己的才华。曾经学过一个成语叫"暴殄天物"，意思是任意糟蹋东西，不知爱惜。老师在讲解这个词的时候这样说："你们知道什么是暴殄天物吗？如果你有才华、能力、聪明的头脑，却不知道努力，不把它们用在学习和提升自己上，这就是暴殄天物。"因此，我一直对这个词有着极为深刻的印象，每当倦怠不前的时候，它就从我的脑海里跳出来，提醒我不要浪费自己的时间和才华。

要保护自己的精力，克服情绪内耗。首先，建立简单明了的问题应对机制。许多人在问题面前会经历三个步骤：发现问题、情绪内耗、尝试解决问题或者直接放弃解决问题。而我们要训练自己跳过情绪内耗这一步，采用"发现问题——解决问题"的行为模式。当事情发生后，首先冷静分析怎么做才能解决核心问题，不在情绪反应上反复纠缠，然后开始行动，尝试各种解决方案。而且只要事情解决了或者过去了，就不要反刍，事后焦虑和事前焦虑是最没用的两件事。

不在低质量的社交上浪费时间，不要八面玲珑、左右逢源，要爱憎分明。社交中对所有人保持一视同仁的礼貌，不拜高踩低；生活中对真正对你好的人掏心掏肺，对嫉妒你、打击你、讽刺你甚至陷害你的人冷漠不理。不浪费任何时间去维护面和心不和的关系，把所有时间都花在你爱的人和事上。

别人会离开，自己一直在，只有自己才是终身的依靠。

06
互助

无须结拜，你我皆是同盟。

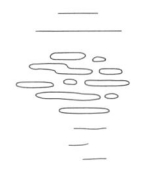

一个女人心疼另一个女人

以前我家住在八层，每次上下楼都会路过五层正对楼梯口那家，她家的门比别人家的都新、都干净，听说刚搬来一对母女。在那个年代，单亲妈妈遭人侧目，更何况她家偶尔还有陌生男人出入，邻居们总是在背后议论纷纷，她对众人也总是冷漠不理睬。

有一次还没走到五层，我就隐约闻到一股香味。上到五层，见那家大门敞开，香味是从里面飘出来的。那是我第一次看清那个女人：带卷的短发，文着粗黑的眼线和眉毛，细细高高的，能看得出上了年纪，但比寻常妇女显得干练年轻。她随手把门带上，我们仅有短暂的眼神交汇。

那时候我父母在家附近摆烧烤摊，那个女人偶尔会去光顾，一来二去就熟悉了。她特别喜欢吃我妈煮的花生毛豆，有一天就到家里来问做法。她来的时候我妈还没吃饭，刚下了点过水面条，再挤一点袋装的蒜蓉酱，拌一下就开吃。她问："你就吃这个啊？"我妈说："嗯，来不及了，一会儿还得收拾准备出摊儿，对付一口得了。"然后我妈就一边吃一边给她讲怎么煮花生毛豆。

周末爸妈出摊时我也跟着去,还能帮他们往楼下拿点东西,省得他们还得跑两趟。还没下到五层时我又闻到了一股香味,是那个女人家的味道,只不过那天还混着饭香。她家大门敞开着,女人坐在客厅的饭桌前,上面摆着两盘包子。路过时我妈打招呼说:"吃饭呐?"女人赶忙起身走到门口,说:"快来快来,我蒸的包子,知道你这个点儿出摊儿,都给你晾好了,不烫,赶紧吃。"我妈先是推辞,结果她一把把我妈拽进屋,强制似的按她坐下,让我俩吃包子。她家比我家精致多了,洁白的地砖擦得特别干净,那股香味我也格外喜欢。

在那之后,两家做了什么好吃的也都互相送,忙不过来的时候阿姨还来我家帮着穿串儿。无论是上楼还是下楼,只要是她家门开着,我要么进去吃点喝点,要么跟她的女儿一起看会儿电视、听会儿音乐。她的女儿当时上初中,杏核一样的眼睛特别爱笑,一排牙齿又白又整齐,头发又黑又顺,经常梳一个高马尾,前面还留两绺长长的头发。因为格外漂亮,所以经常有男生来家周围"蹲点"装作偶遇她。有一次我上楼时发现一个男的在上层楼道里鬼鬼祟祟还一直往下看,我心想:糟了,遇到坏人了。我转头就往楼下跑,然后撕心裂肺地朝楼上喊。听到呼喊的爸爸跑下来看到那个男的,不由分说就把他给揍了。结果他说是来找那个姐姐的,误会才解除。那个时候我上小学六年级,姐姐给了我好多漂亮衣服,就连拍小学毕业照时的衣服都是她给的。后来听妈妈说,姐姐连高中都没读就出去打工了,我上大学时有一次回家在商场遇见她,她已经结婚快要做妈妈了。

从前我觉得奇怪：妈妈和阿姨完全是两种人，过的也是两种生活，可她们为什么处得那么好又成为朋友？我妈说她永远记得阿姨那次把包子晾好等她下来吃的事，"她心疼我"。原来，女人与女人之间的心照不宣是心疼。阿姨心疼我妈忙于生计吃不上好饭总是对付一口，就特意包好了包子并敞开大门等她下楼；妈妈心疼阿姨一个女人带着孩子不容易，还总被人说三道四，于是笑脸相迎，有什么力所能及的小忙都帮她。她们都将人的尊严视作存在基础，用最赤诚的心体贴彼此、帮助彼此。姐姐心疼我没有新衣服穿，就把自己穿不下了的漂亮衣服给我；我也心疼她，那么漂亮却没去当演员，没上大学也没走出小城，没拥有更漂亮的人生……我为她感到遗憾。

走出小城的我，尤其到了北京，又是在最华丽的象牙塔里，见识过许多在我曾经的生长环境中遇不到的女孩，她们或家境优渥，或自身条件极其出众，在她们的身上我仿佛再也看不到令人心疼的一面。

几年前在一位朋友的生日派对上，D小姐就坐在我身边，她可是京城闻名的主持人，出场自带光环。我们闲聊了几句，相互加了微信，之后在我参加央视主持人大赛的时候她还曾发信息祝贺，除此之外平日里也没有过多的交情。直到我想出书的时候，突然想到D小姐曾经出版过一本书，于是联系她想取取经。听完我大概想写的内容之后，她马上答应说帮我介绍出版社，没过几日就把几位出版人的联系方式给了我，还帮我逐个分析每个人擅长的出版领域。说实话，当时她格外的热情有些令我意想不到。她愿意帮我也许是因为中间好友的面子，也许是我的北大博士身份，也许是想要提携主持人后辈？可无论是出于哪一种原因，都有些令我受宠若惊。因为在我的印象中，她还是有些孤傲的。

直到有一天，我收到她发来的语音信息，她说这本书一定要出版，然后跟我分享了她的亲身经历。当年，她以优异的成绩考上北京广播学院（即今日的中国传媒大学），可她的爸爸因为对主持人行业以及娱乐圈抱有偏见，极力反对，不允许她去就读。她的妈妈因为支持她，在送她去报道的前一天晚上被她爸打得鼻青脸肿，第二天只好头上缠着纱巾、戴着墨镜和口罩送她去火车站。她说："你知道我是怀着怎样的心情踏上求学之路的吗？"当一个女人摘下面具，与我坦诚相见的那一刻，我对她的心疼达到了顶峰，因为我实在难以想象人前优雅知性、光鲜亮丽的她也是从泥沼中爬出来的。她也心疼我，所以才愿意调动自己的资源帮助我实现出书的愿望。更重要的是，我们都心疼那些虽然未曾谋面，却在远方与我们俩有类似经历的女人。她们的心声需要有人讲出来，我们的故事必须被更多人看见。

女人之间最深的共情就是心疼，当一个女人心疼另一个女人，理解、体谅、互助、支持随即发生。相似的经历和体验冲破地域、阶层、职业、学历、性格的隔阂，她即是我，我也是她。每个女人都由无数个女人组成，我们一体共生，一荣俱荣，一损俱损。

帮助那个女孩成为自己

曾经，我不希望生女儿，因为总觉得女孩子来到这个世界需要承受的太多太多；现在，我庆幸有了女儿，因为我终于找到了自己的使命，那就是帮助那个女孩成为她自己。作为母亲，我从来不认为自己是她的管理者或拥有者，每个孩子都注定要在属于自己的道路上成才，我只是她的看护者、助力者和引领者，直到有一天，她找到属于自己的路。

想让一个女孩成为她自己，首先就要让她忘掉性别。在西方传统中，女孩的标志色是粉色，男孩的标志色是蓝色。一次给孩子选睡衣的时候我看中了一件海军蓝条纹的睡衣，上面还有小帆船的装饰，正好跟我的名字契合，结果她爸马上说："这件不行啊，蓝色是男孩子穿的。"我正好借机教育他："女孩子也有穿蓝色的自由啊，这是天空和大海的颜色，女孩子怎么就不能用了呢？"

"那男孩能穿粉色吗？"他心有不甘。

"当然可以啦！孩子能穿什么颜色还不是大人给规定的，大人思维越狭隘，给孩子的限制越多，孩子选择的自由就越少！"

他终于沉默不语，我结账走人。其实什么性别穿什么颜色只是很小很小的一件事，但它也能以点带面折射很多事。性别刻板印象从孩子来到这个世界之初就开始给她处处盖章、处处设限，作为父母，我们的职责不是跟社会一起给她贴上各种标签，限制她的各种选择，而应该不给她贴任何标签，再把社会给她贴上的都揭下来撕得粉碎。我的女儿不必每天都打扮成精致的小公主模样，她穿粉色也穿蓝色，穿裙子也穿裤子，穿球鞋也穿高跟鞋，弹钢琴也踢足球，留长发也剪短发，玩娃娃也玩挖掘机……一切取决于她的兴趣爱好与舒适，而不单单取决于性别。她将会知道自己可以选择和胜任所有职业，与其他人平等地享受这个世界的资源。

建构主体性。将女孩客体化的教育方式应该彻底被废弃，我们要从小就开始培养她的主体性意识和思维。孩子在两到三岁之间会进入秩序敏感期，物品摆放、衣物选择、日常饮食、出行方式，对各方各面都有"要求"，非常强势，经常"折磨"得父母哭笑不得。这其实就是孩子的主体性开始显现的标志，她要这个世界按照她想要的方式运行，当然这只是理想状态，随着年龄增长，她就不得不学习妥协、退让和忍受。这是我非常珍视甚至享受的一个时期，因为它让我真实地感受到孩子是一个"人"，而不是父母的附属品，她不属于任何人，只属于她自己。因此，我会时刻注意给她选择的机会，本着"她的需求即合理"的原则，尽力配合她的要求。比如虽然我前一天晚上已经为她选好了第二天要穿的衣服，但若第二天一早她想重新选择，那就带她去衣柜挑选，并给出合理性的建议，以防出现冬天穿短袖、夏天穿棉鞋的尴尬情况。我们每个人来到这个世界，是为了得到自己想要的东西，而不是为了处处被别人限制，总是求而不得。

另外，只要是她力所能及的事，我都尽量让她自己做：自己穿衣服、吃饭、简单洗澡、叠毛巾、晾衣服、收拾玩具……我还经常"麻烦"她，让她为我、为爸爸、为家里做些事情，比如端盘子、擦桌子、扔垃圾、给我拿睡衣、帮我擦身体乳……在做这些事的时候她感到被信任，责任感被激发。我常说一句话："孩子只是小，不是傻。"大人常常容易轻视孩子，但她的笨拙只是因为身体尚未发育完全，对动作的掌控力和平衡性还未达到最佳水平，而且还不够了解世界的运行规则，可她的大脑已经非常发达，远远超乎我们的认知。因此，即使在孩子小的时候大人也应该认真去对待她的意见和要求，并适当给予她尽职尽责的机会，让她体验被尊重、被重视的感觉，这是建构一个人主体性的重要基石。

我的女儿Mia三岁时去了当地一家蒙氏幼儿园，那里每周有一堂"多样性大师课"。三位老师会带着孩子们观察每个人的特点，以及和别人的不同之处，让她们从小就知道每个人都不一样，不一样是对的，不需要跟别人一样。这堂课给了我很大的震撼，原来国外的孩子从这么小就开始接受多样性的教育。很多人以为多样性教育的目的是让我们更加理解和包容他人，不歧视他人。当然有这样的作用，但这并不是真正的重点，重点是这样的教育让我们看清自己，明白独特源于多样，接纳自己的不同，不盲目地跟他人比较，建立自信和主体认知。

建构能动性。对一个人来说，主体性与能动性相伴相生，主体意识越强，行动力就越强；能动性越强，反过来也会增强主体性的确认。因此，我非常注重从这三个方面培养 Mia 的行动能力。

第一，不过度干预，不扫她的兴。有的家长对孩子干涉过多，自以为是在教育孩子，其实是在干扰孩子。比如 Mia 正坐在地上专心地研究新玩具，她姥姥看不下去非要过来拉着她说："快别坐在这儿，地上凉，到沙发上坐。"一直不停地说，直到孩子的注意力无法集中，把手中的玩具一扔，不耐烦地哭起来。其实地上有地暖，孩子还穿着尿不湿，坐在地上玩一下并不会有太大问题；而且孩子通常都是三分钟热度，注意力随时转向，等一会儿用另一个玩具把她吸引到沙发上就好。不会审时度势的看护者只顾按照自己的思维和意愿去要求孩子，破坏了她享受好奇和专注的兴趣，使她的平静转化为烦躁，这就是典型的在小事上消耗孩子，破坏她的情绪，破坏她的心情。家长越是干涉细节，让孩子感受到的行动阻力越强，越容易激起负面情绪甚至起冲突，自己也越累。看护者应该坚守一个原则，当孩子产生好奇、专注研究时，无论这件事在我们大人眼里多么小、多么不值得花时间、多么奇怪甚至多么不正确，都应该珍惜孩子的专注时刻，不搞破坏，不扫她的兴。

第二，鼓励尝试，允许犯错，做她的安全之地。在某些育儿观念上，我和先生截然相反，他谨小慎微，我大胆开放。有一次我们去意大利维罗纳圆形竞技场，那里的大理石台阶磨得光滑锃亮，而且相当于平常台阶的两倍高，成年人上下都要费点劲，Mia 当时还不到两岁，坚决要自己爬上爬下，跟跟跄跄，几次要摔倒。她爸实在忍无可忍，一把搂起她抱在怀里，她哇哇大哭，哭声回荡在整个竞技场。你别说，古人建造的竞技场回声效果是真的好。我能理解她爸爸担心她摔倒磕碰的心情，但我认为阻止孩子尝试，对她的伤害要大于皮肉受伤。她要尝试我们就配合、协助和保护，全程近身盯着，尽力将受伤的可能性降低。当然，这也意味着我们更加操心和劳累，但若只为自己省心、省事就禁止孩子尝试，那也属于家长失职，养孩子不应该只停留在表面吃饱穿暖和安全的层面，还理应帮助她挖掘自身潜能，为她注入发展能量。

　　孩子必须在日常生活中充分感受到父母对她行为的开放、允许和包容态度，如果每当她想尝试看似超越她能力的事，家长就说不，或者总是提前"恐吓"她这样做会带来不良后果，孩子就会形成消极反应机制，一想尝试，脑海中就自动出现一个声音——不，或者在做之前先在脑中预演可能会发生的坏事，在别人否定她或者实际失败发生前率先否定自己，在尝试之前就退缩，以致不再勇敢去探索和尝试。这无疑是在她的大脑中上了锁。多鼓励孩子去尝试，让她知道世间所有的门都向她敞开，大胆去探索每一扇门通往哪里，这样才能增强她的能动性，培养出自驱力和行动力强的孩子。

　　当然，尝试就意味着犯错和失败，在孩子犯错后，家长千万不要说"你看我早就告诉你了吧",而要允许她发泄情绪并给予温暖的安慰,待孩子情绪稳定后再教授方法、给出建议。

Mia 最先学会的中文词汇除了"妈妈""爸爸""宝宝",还有"没事",为什么呢?每当她遇到挫折、搞了破坏、发脾气大哭时,我都会在第一时间抱着她说:"没事,没事……"我希望在她的心中植入一颗"发生任何事情都不要紧"的种子,把水弄洒没事,把饭碗打翻没事,把妈妈的眼影盘摔碎没事,把爸妈结婚纪念水晶球摔碎了没事,身上弄脏了没事,玩具被小朋友抢走了也没事……没事,没事,一切的难事都不足以困住你,都会过去,会过去。父母应该是孩子的安全之地,是孩子无论遇到什么挫折与难堪之后都能选择的退路,只有在困境中给予孩子无条件支持的父母才能赢得她的信任。我希望我的孩子在犯错之后的第一个想法是"我得找爸妈想想办法",而不是"这事儿千万不能让我爸妈知道"。

第三,允许她参与适度的竞争与对抗。带 Mia 去游乐场的时候,偶尔会遇到一些小孩过来抢她的玩具或者"霸占"她正在玩的设施。刚开始她不敢吱声,马上跑到我们身边,怯怯地指向那边,希望我们为她"出头"。这时我就会告诉她:"去抢回来。"刚开始她不敢,经过多次的鼓励,她现在会过去说:"这是我的!"偶尔遇到她跟别的小朋友争抢东西的场景,我也不会立即介入,我会站在远处让她自己应对竞争。而且我还告诉她,如果有人打她一定要还手,要保护自己。女孩的血性不该被压制,反而应该被保护、被鼓励,当她独自走向大千世界时，就会发现危机四伏，保护自己是最重要的能力之一。

带她到更广阔的世界中勾勒自我。Mia 还不到一岁就开始跟着我们四处旅行，有人问："孩子那么小，去旅行也记不住，那还要带她去吗？"张爱玲曾说："像我们这样生长在都市文化中的人，总是先看见海的图画，后看见海；先读到爱情小说，后知道爱；我们对于生活的体会往往是二手的。"我希望孩子对世界的认识更多来自亲身的体验，而不是仅仅通过别人的描述或课本上的文字与图片；我希望在她学会波澜壮阔这个词之前就已经站在大海面前感受过它了。就算她记不住我们去过哪些国家、哪些地方，但世界会在她的脑海中慢慢勾勒成形，每一次旅行都会加深她对它的印象，时间会在孩子身上写出答案。虽然带孩子一起旅行也有很多疲惫、无语甚至崩溃的瞬间……可这不就是看世界的意义吗？不仅要学会欣赏它的美好，也要学会体验它的艰苦。亲爱的孩子，让我们一起去感受这个世界吧，有一天你将完全拥有它！

这些既是我的育儿观，也是育己观，陪伴孩子成长仿佛把自己也重新养育了一遍。如果你还没有孩子，那么也可以用这样的方法养育自己，忘掉性别，建构主体性、能动性，到更广阔的世界中勾勒自我，希望你也能早日成为自己。

谢谢我的女儿，让我知道一个女孩子应该怎样被呵护，爱她就好像爱童年时的自己。我会更爱她，也会爱自己。

我们活在同一个不同的世界

"只有首先承认自己不了解他人,才能真正开始理解他人。"日本哲学家岸见一郎如是说。感同身受的难度在于,即使大家共同体验了某件事,但这件事对每个人造成的影响都不一样,因此我们对世界的体验和感知千差万别。

互助的基础是理解彼此,理解我们虽然活在同一个星球,但并不活在同一个世界。每个人其实都活在由物质水平、地域文化、认知偏见等共筑的小世界里。朱光潜先生在《给青年的十二封信》中提出多元宇宙理论:"人生是多方面的,每方面如果发展到极点,都自有其特殊宇宙和特殊价值标准。我们不能以甲宇宙中的标准,测量乙宇宙中的价值。""道德的宇宙""科学的宇宙""美术的宇宙""恋爱的宇宙"……无数的小宇宙构成了这个精彩纷呈、彼此渗透又相互隔绝的大世界。

那是我第一次直观地感受到世界的参差。女儿一岁时,我们带着她到意大利度假。夜幕降临,海风习习,一家人在海边最热闹的一家餐厅享用晚餐。虾有手掌那么大,我先生小心翼翼地去皮、切段、吹到不烫再喂给女儿吃。天幕从淡蓝色变成宝蓝色最终变成深蓝色,海风中开始携着丝丝凉意。就在我们准备结账回酒店的时候，一位黑人妇女手中拿着许多编织的手串走到我们桌前，我先生摇摇头，她便很识趣地往下一桌走。她身后背着一个跟我女儿差不多大的婴儿，后面还跟着一个三四岁的小男孩，他黝黑的脚上穿着一双破烂拖鞋，手里拎着一个蓝色的小桶，走起路来摇头晃脑，仿佛没有半点烦恼。也许是做了妈妈之后的本能反应，我自然地在心里想：她的孩子们吃晚饭了吗？吃的是什么？吃饱了吗？我的孩子坐在华丽的餐桌前，被爸爸妈妈两个人仔细照顾着，享用美味的晚餐，而那两个孩子可能一整天都在陪着妈妈在炽热的海滩上来来回回地走着，冒着三十几摄氏度的高温兜售一些小商品，还要被无数次地拒绝甚至厌烦。可我从小男孩的脸上看不到丝毫的不悦或疲惫，也许对于他来讲，只要跟着妈妈以及拥有一个能盛水和沙的小桶就足够了。

也许我是同情心泛滥，但我深知世界上还有那么多人不能拥有像我们一样良好的条件，虽然我们不必为自己努力得来的优渥生活而感到歉疚，但也不必显得优越。也许最简单的帮助就是常怀慈悲之心，不带偏见地对待任何人，力所能及时施以援手。

还有一次，一边看书一边等公交车，我读到"在阿富汗，妻子和女儿们没有自己的卧室，她们只能将睡垫铺在厨房的地板上睡觉……男孩子的生日可以庆祝，女孩子的不行……"。读罢抬起头，看到两位老师带着大约十位小朋友穿过人行横道线过马路，孩子们穿着荧光黄色的背心，这里没有交通灯，过往车辆都自觉地停下礼让，在瑞士这是最常见不过的场景了。此时，我在书中看到的世界和我眼前看到的世界形成鲜明的对比，书中的那个世界充满战争、动乱、暗杀、逃亡，眼前的世界和谐、安全、明媚、富裕。有那么一瞬间，我甚至觉得自己活在两个平行的世界里，而像这样的平行世界不知道又有多少。

  每个世界都由无数个世界组成，每个人都由无数个人组成。我永远记得《了不起的盖茨比》中的那句话："每当你要批评别人时，要记住，世上不是每个人都有你这么好的条件。"不以自己的标准作为尺度去要求他人，不以自己的立场作为正义胁迫他人，不以自己的认知作为真理绑架他人，不以自己的经验作为标准评判他人。当我们身处高位，不要嘲笑还在努力向上攀爬的人；当我们生活优渥，不要嫌弃贫穷但依然想要活得像样的人；当我们看似拥有一切，也不要小看一无所有的人。允许、接受、尊重所有跟我们不同的人和事，用最宽广的思维和胸怀去包容一切。允许自己做自己，允许他人做他人。

  世界到底是什么样子取决于我们看待它的视角，而我们的行动也会通过这种视角去塑造世界。

已识乾坤大，犹怜草木青

见过更大世界的人，会对世界心怀慈悲，哪怕只是对一株青草，也会心存怜爱。

好朋友瓦内萨即将开启肯尼亚之旅，临行前姐妹们小聚，她说此行不是单纯的旅游，而是去当地一家学校做志愿者。通过她我才知道，在我们生活的城市有一个非洲儿童基金会，每年都有志愿者从瑞士奔赴肯尼亚，帮助当地的妇女和儿童。这立即引起了我的好奇，在此之前，我对慈善的认知还主要停留在联合国儿童基金会或者红十字会那些官方组织，慈善形式也主要是捐款，可问题是钱捐出去之后，我们就失去了追踪它的渠道，也不知道最终这些钱有没有真的帮助到人，以及究竟帮助了哪些人，这或许也是许多人暂时徘徊在慈善事业门外的理由之一。人们不是缺乏善心或者行善的能力，而是希望看到自己的善心真正落地。非洲儿童基金会不仅号召人们捐款捐物，还提倡捐赠时间、学识和亲身的帮助。更重要的是它通过教育和职业培训去提升当地妇女的劳动和生活技能，进而改善女性的经济状况和生存条件，而非单纯地捐赠物资，这个理念和好朋友亲身的行动促使我成为基金会的捐赠人。

这个基金会从何而来，一切要从洛伦扎·贝尔纳斯科尼女士说起。她的足迹遍布欧洲、拉丁美洲、非洲。2002年的一次肯尼亚之行既改变了她的生活，也改变了肯尼亚许多妇女和儿童的生活。在旅途中，她目睹了当地妇女儿童悲惨的生存状况。由于缺乏避孕知识与物资，这里的许多女孩在青春期就早孕并生下孩子，有些十六岁的女孩已经是五个孩子的母亲，孩子的父亲从不向她们提供经济支持，也不尽抚养义务，甚至消失得无影无踪。衣不蔽体、食不果腹是常事，母亲与孩子因生病或受伤得不到医疗救治而死亡也是常事。这些现实深深地刺痛了洛伦扎，她认为自己必须做些什么。

回到瑞士之后，她率先成立了非洲儿童基金会，在她居住的城市卢加诺组织筹款活动，并且每年亲自前往肯尼亚好几次，去帮助那里的女人和孩子。

2002年9月26日，连接塞内加尔南部城市济金绍尔和达喀尔的船只"约拉（Joola）号"遭遇海难，不幸沉没，船上搭载的两千多位乘客最终只有六十四名幸存下来。这场海上灾难造成的死亡人数比1912年的泰坦尼克号还要多，这是人类历史上最大的沉船事故之一。遇难者中包括两名瑞士人，同胞遇难的不幸消息令洛伦扎悲痛不已，更使她意识到活着就是一种特权，更要尽力去帮助身处困境的人们。

此后，她几乎将全部精力都投入在非洲儿童基金会上。最初，基金会专注于女性青少年的教育，目的是为她们提供工具，为自己建立一个有尊严的未来。2003年，基金会出资翻新当地瓦阿小学的女子校区；2004年，应当局的要求，这所翻新后的学校成为受严重性虐待和早婚受害女孩的省级庇护所；2006年，学校不仅为青少年组织游戏和娱乐活动，保证每季度体检，还为成年人组织关于疾病预防、计划生育、女性赋权和扫盲的培训课程，并促进小额信贷项目和开展创收活动。

洛伦扎通过挨家挨户走访调查，细致地了解当地妇女每天面临的困难，以思考如何更好地帮助她们。她发现，当地的妇女亟须提升生产技能并参与工作，于是决定筹建一所职业学校。2010年1月，学校正式动工，然而令所有人没有想到的是，同年7月，洛伦扎在一次美国之行中遭遇车祸身亡。也许她来到世间的使命就是找到世界另一端的那些女人并为她们开辟一条道路。使命完成了，她便离去了。只是没想到竟然是以这样惨烈的方式，令人心痛。后来，这所学校被命名为"洛伦扎妈妈职业学校"，以纪念她深厚的爱和不朽的灵魂。

洛伦扎的生命终结了，可她播种的善良和留下的精神遗产由女儿卡罗琳娜传承下来。第一次见到卡罗琳娜是在非洲儿童基金会的年度晚宴上，她一头齐耳的金发，很是干练，身材瘦削高挑，笑容温暖动人。在她的努力下，2020年，一家致力于生产高品质皮革和纺织品的女性社会企业Emèl正式成立，为从洛伦扎妈妈职业学校获得学位的女学生提供工作机会。这意味着部分女性从受助者的角色转变为生产者，与其依靠外界源源不断的捐款，不如提升自己的生产力去创造财富，此后她们将更有力量，更有尊严。

在那场慈善晚宴上，处处都有非洲姐妹们的身影，每张餐桌上都摆放着由她们亲手缝制的面包袋，作为送给嘉宾的小礼品；我的朋友瓦内萨身穿一件由姐妹们亲手打造的鲜艳裙装，鲜艳的颜色象征着非洲的热情似火……活动中，卡罗琳娜还与大家分享了基金会的下一项帮扶计划：帮助更小的孩子们。以往基金会主要的帮扶对象基本都是处于青春期以及更年长的女性，而下一步，他们将在非洲买地建校，打造幼儿和儿童的庇护所。瓦内萨曾作为志愿者两次前往肯尼亚。她说自己曾经见过一个六岁的小孩，腿上有大面积被蛇咬过的创口，可出于经济或者思想文化等原因，家长并没有带孩子去就医，这使他们意识到，以往对当地公立小学的物资与师资援助并不能真正地改善儿童的处境。他们虽然白天在学校安全且有充足的物资，但是回到家以后，又将陷入被忽视甚至被虐待的困境。因此，新修建的幼儿园与学校将都采用寄宿式，确保孩子们的健康、生活、学习、娱乐等各方面都得到充分的关注和照顾。

已识乾坤大，犹怜草木青。这个世界大到我们难以想象，我们每个人不过是世间的一粒尘埃，在不同的地方经受着生活的苦难，只是苦难的程度不同而已。如果能够用自己的一点余力去减轻他人的苦难，实为大爱。从尘埃里走出来的人，会牵挂尘埃；从苦难中走出来的人，会希望每个人都获得幸福。

无须结拜，你我皆是同盟

有一次跟朋友约好吃午饭，但孩子一上午都情绪不佳、哭闹不止，怎么哄都哄不好，我浑身冒汗根本来不及收拾自己，只好非常歉疚地临时取消约会。朋友发来信息说："一点儿都不要紧，别忘了，我也是妈妈，完全理解。"那一刻我心里的愧疚感少了一半，因为我知道在某个时刻，她就是今天的我，也确信她不会把我爽约的原因归结为找借口，女人之间有太多的心照不宣和感同身受。

"当一个女人做出选择，去结婚生子，一方面，她的生命开始了，而另一方面，她的生命也停止了。她建立起一种琐碎的生活，而把个人的需求放到一旁，好让她的孩子长大成人。"这是电影《廊桥遗梦》中的经典台词。以前看电影时并不能够深刻地理解这种感受，直到自己结了婚、有了娃、当了妈，才真正理解女人的处境。

好友史蒂芬的梦想是拥有五个孩子，现在刚生到第二个，她先生就准备叫停了，嫌太累。在瑞士这种男性育儿参与度极高的地方，爸爸们也同样能够体会到带孩子的不易。在给孩子戒断母乳之后，我跟她抱怨起夜喂奶的苦楚，她说："有时我晚上起来给孩子喂奶,看着窗外在想,在我看不见的地方,肯定有另一位甚至更多的母亲也在跟我做同样的事情,那一刻我就觉得自己不是一个人。"

史蒂芬提供了一种超越个体的视角:女性不仅是一个群体,更是一个整体,我们每个人都在走着另一些人走过的路,经历类似的人生。就拿最寻常的月经来说,女人每个月都要经历一次的生理现象把我们紧紧地绑在了一起,无论另一个性别多么想体会和理解这种感受,可他们就是理解不了,更别说怀孕、生产这种极致的体验了。同为女人,我们了解彼此也理解彼此,是无须结拜的同盟。

理解让人产生同情和怜悯,总想为彼此做些什么,仿佛减轻对方的痛苦、尴尬、不便就是减轻自己的。比如近年来国内兴起的卫生巾共享计划,打破月经羞耻,用行动支持彼此。我还惊讶于自己以前竟从未留意到带婴儿出行的母亲遇到的不便,可现在的我总会在其他妈妈推着婴儿车上下台阶时搭把手,遇到哺乳中的妈妈自动转移视线,发现周围没有大人的孩子主动关照一下,在飞机上帮家长逗逗哭闹的孩子……仿佛当我成了母亲,就对全世界的孩子和母亲多了一份责任。女性在彼此编织的社会网络中感到更加安全和舒适,这也将增加我们彼此间的流动性。当然,除了生活中的小事,我们能做的还有很多。

在德国,诺贝尔奖得主、发育生物学家克里斯蒂安·尼斯莱因·福尔哈德发现,与男博士生相比,那些有孩子的女博士生处在更加不利的境地。例如,男博士生回到家里继续钻研科学问题的时候，有孩子的女博士生可能要把这些时间用在喂养、照顾和陪伴孩子上，更不用说那些琐碎的家务多么侵占时间了。于是她设立了一个基金，基金得主可以领取一个月的津贴，把这笔钱花在"任何能减轻家庭负累的事情上"：家庭保洁服务，购买洗碗机或干衣机等节省时间的电器，在夜间和周末托儿所打烊时聘请临时保姆，等等。基金得主必须在德国大学攻读研究生学位或从事博士后工作，最关键的一点是，基金得主必须是女性。

谢丽尔·桑德伯格第一次怀孕时在谷歌工作，随着月份越来越大、身体越来越臃肿，她发现从公司停车场的缝隙中穿行也越来越困难。在挣扎了几个月之后，她终于决定去找谷歌的创始人之一谢尔盖·布林："我宣布我们需要（在公司写字楼正前方）专门为孕妇建个停车场，而且要尽快建好。"于是谷歌才有了孕妇专用停车场。

当女性成为领导者，把女性的思维、立场、习惯、偏好注入决策中，这个世界就会发生很多利于女性生存与发展的改变。我们必须增加女性在各个生活领域中的代表性。因为随着越来越多的女性掌握权力、发挥影响力，另一种模式正变得更加明显：女人不会像男人那样，轻易忘记女人的存在。

我们还要有意识地杜绝"雌竞"，即女人对女人的恶意和攻击。围观群众最爱看的热闹便是女人之间的争吵，部分媒体无休止地企图将社会问题提炼成女人的问题，直到真正的问题被模糊、掩盖和遗忘。"当争论双方变成了'她'和'她'时，我们都输了。"桑德伯格这样说,"女权主义运动的目的并不是让我们感到自责,或是把我们推进无尽的竞争,去比较谁的孩子更优秀、谁的婚姻更稳固或是谁工作的时间更长;它的目的在于让我们感到自由——不仅拥有选择的自由,而且在做出这些选择时不会总感觉自己犯了错。"职业女性应该把全职妈妈看作拥有一份同等重要的全职工作,全职妈妈也不该指责选择拼搏事业的女性自私冷漠。我喜欢竞争,喜欢赢的感觉,但我也喜欢看别的女人赢,更喜欢女人们一起赢。

还需要澄清的一点是,女性的同盟不是为了对抗男性,女性与男性也需要结盟。岸见一郎曾说:"把别人看作同伴还是敌人,决定了我们对这个世界的看法。"把他人看作同伴的人会认为这个世界是安全的,自身的安全感也会增强;而把他人看作敌人的人会把世界当成战场,处处针锋相对。性别对抗从来不是解决问题的方法,而合作、理解、体谅、支持才是。

阿德勒曾以军医的身份投入第一次世界大战当中,在目睹过战争的残酷之后,他提出"共同体感觉"的概念,他说:"我们不必互相争斗、批评、低估别人。我们每个人注定无法拥有绝对性真理,但有许多途径可以让我们一起通往合作这个终极目标。"作为人类命运共同体的一员,我们每个人都拥有社会性义务,无关性别。

拥有意味着责任,拥有世界意味着首先要对自己负责,对与自己有关的一切负责;其次,还要对身边的世界尽责,也对远方的世界尽责。

王帆

北京大学文学学士、艺术学硕士、文学博士。

2015年,她在"我是演说家"节目中凭借演讲《你养我长大,我陪你变老》引发广泛共鸣,该演讲迅速走红网络。

此外,她在中央电视台首届"中国成语大会"中跻身全国四强,并在"中央广播电视总台2019年主持人大赛"中荣获优秀奖。作为一位女性成长类博主,她在全网拥有超过百万粉丝,持续分享知识与见解。

王帆原声朗读音频书

勇敢的女孩先拥有世界

作者 _ 王帆

编辑 _ 秦彬彧　　装帧设计 _ 杨双双　　主管 _ 余雷
技术编辑 _ 顾逸飞　　责任印制 _ 杨景依　　出品人 _ 贺彦军

鸣谢

何月婷

果麦
www.goldmye.com

以 微 小 的 力 量 推 动 文 明

图书在版编目（CIP）数据

勇敢的女孩先拥有世界 / 王帆著. -- 南京 : 江苏凤凰文艺出版社, 2025.3（2025.5 重印）. -- ISBN 978-7-5594-9455-9

Ⅰ. I267.1

中国国家版本馆 CIP 数据核字第 20254W1D29 号

勇敢的女孩先拥有世界

王帆 著

出 版 人	张在健
责任编辑	白　涵
特约编辑	秦彬彧
出版发行	江苏凤凰文艺出版社
	南京市中央路 165 号，邮编：210009
网　　址	http://www.jswenyi.com
印　　刷	北京世纪恒宇印刷有限公司
开　　本	1230 毫米 × 880 毫米　1/32
印　　张	5.5
字　　数	110 千字
版　　次	2025 年 3 月第 1 版
印　　次	2025 年 5 月第 2 次印刷
印　　数	7,001 — 12,000
书　　号	ISBN 978-7-5594-9455-9
定　　价	48.00 元

江苏凤凰文艺版图书凡印刷、装订错误，可向出版社调换，联系电话：025-83280257